素晴らしき家族旅行　上

林 真理子

毎日文庫

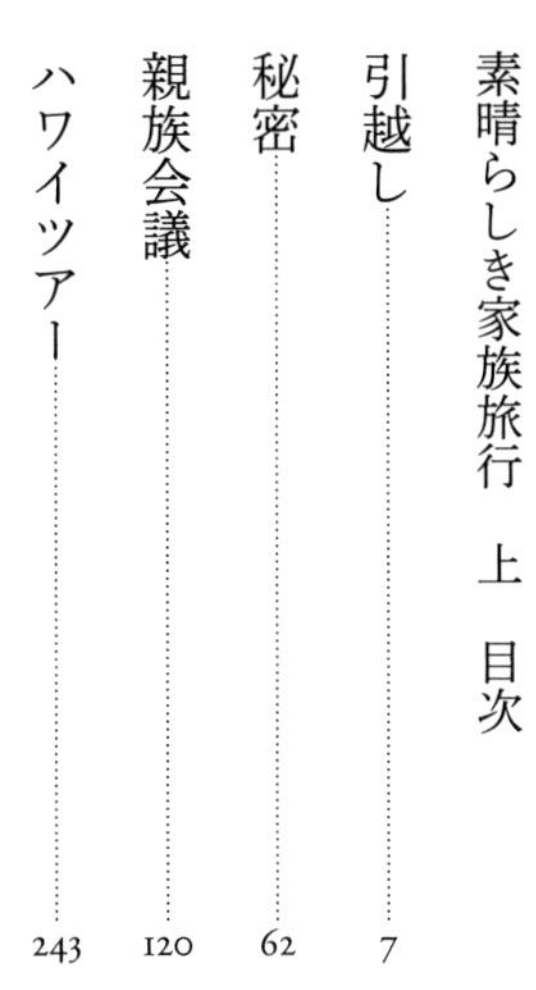

素晴らしき家族旅行　上　目次

菊池家家系図

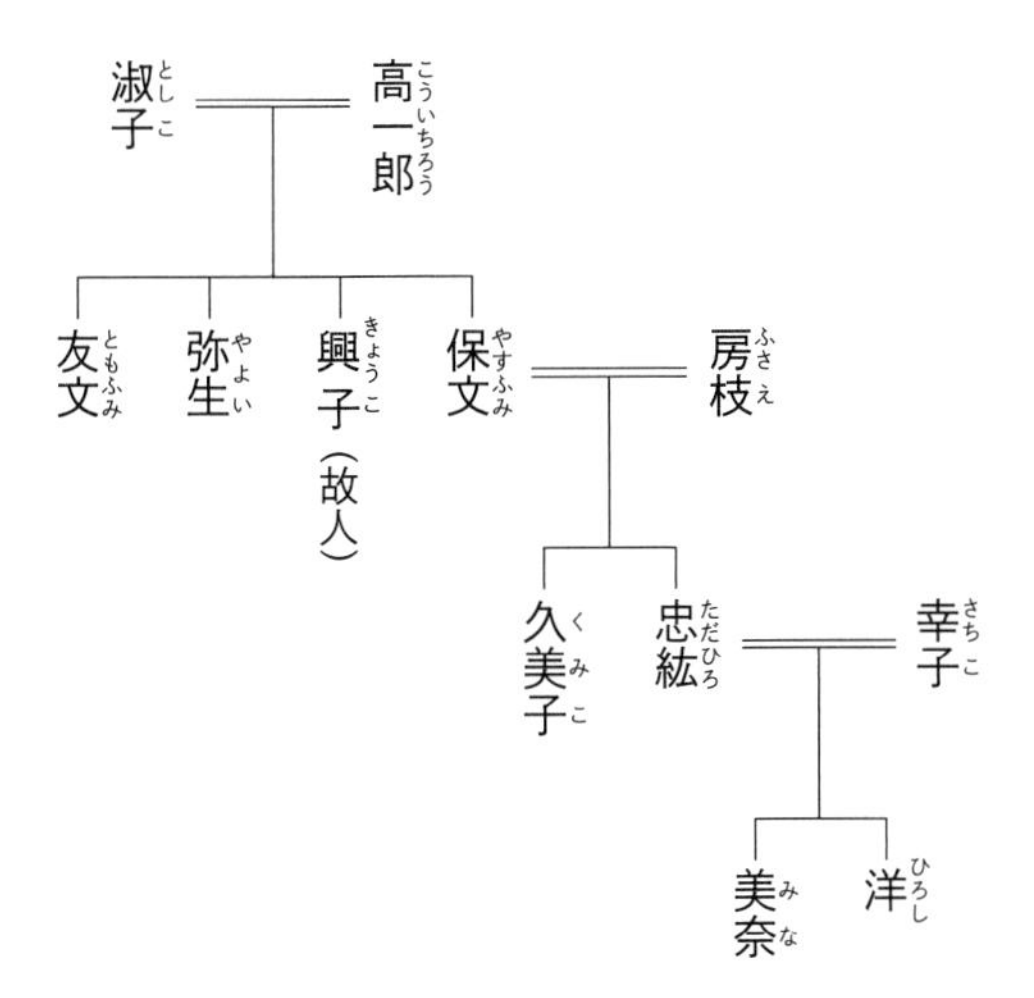

淑子 とし こ
高一郎 こういちろう
友文 ともふみ
弥生 やよい
興子 きょうこ
（故人）
保文 やすふみ
房枝 ふさえ
久美子 くみこ
忠紘 ただひろ
幸子 さちこ
美奈 みな
洋 ひろし

引越し

　晴れているのか曇っているのか、よくわからぬ空であった。絵の具で影をつけたような灰色の雲が面積を増やしているかと思えば、反対の角度では雲を押しのけて強い陽ざしが射し込んでくる。つまり気まぐれな春の天気というやつである。

　借りてきたライトバンの荷台から四個めのダンボールをおろし、忠紘はやれやれとため息をついた。妻の幸子が中に入ったきり、一向に出てこようとしないのだ。彼女の気持ちがこじれたのは、いつものように些細なことがきっかけだ。車の中でずっとぐずっていた長女の美奈が、降りたとたん歌うように叫び始めた。

「ミナのおイスがないよオ、おイスがない」

　赤ん坊の頃から使っている木製の椅子はデンマークの輸入もので、成長に合わせて高さを変えるようになっている。三歳になる美奈が物心ついてからずっと近くにあったものだ。

「お祖父（じい）ちゃんの家でしばらく暮らす」

と言いきかせられここまで来た美奈は、はたと椅子のことに気づいたようなのである。

「ミナちゃんのイス、どうしてないのオ」

「あのね、おイスはちゃんとおうちに置いてあるの」

妻の幸子が苛立（いらだ）った声をあげた。

「船橋のおうちにちゃんと置いてあって、もうじき帰るんだからいいの」

どうやらそれを姑（しゅうとめ）の房枝（ふさえ）が聞いていたらしい。玄関の奥から気味悪いほど優しげな声で、彼女は孫娘に呼びかけた。

「そうだよミナちゃん、心配しなくてもいいの。パパもママもここになんか長くいないで、すぐにおうちに帰るんだから」

その言い方にむっときたらしい幸子は、開けた箱の整理をすると言ったきり、二階にあがったまま戻ってこようとしない。それで仕方なく忠紘は一人でダンボールを運んでいるのである。

引越しといってもごく身のまわりのものだけを運んできた。十個足らずのダンボールを玄関まで運ぶぐらいどうということはない。けれども引越しというのは、家族、知人が集まって、わいわい賑やかにとり行なうものではないかと忠紘は思う。知人をわずらわせるほどの量ではないのだから、せめて家族が手を貸してくれたらどうか。

ところが母親の房枝は嫁の気持ちを害するに足る嫌味をひとつ言い、それきり茶を淹れてくれるわけでもない。幸子はライトバンにもう戻ってはこなかった。

忠紘は五つめのダンボールを持ち上げ、思わずよろけそうになった。自分で本をぎっしり詰めすっかり忘れていたのだ。大きく舌うちをする。全く重いものを一人で運ぶことほど腹立たしいことはない。

玄関の奥に人影が動いている。幸子が戻ってきたかと目を凝らすと、それは妹の久美子であった。白っぽいトレーナーにジーンズという姿だ。普通だったら甲斐々々しい手伝いの格好に見えるはずであるが、忠紘は期待をしない。長いつき合いで、妹がそういう女でないことを百も承知しているのだ。

幸子に言わせると、

「悪気もないけど、気働きもない」

久美子は今年で二十九歳になる。かなり焦ってもいい年齢であるが、忠紘は妹の口からついぞその種の冗談や愚痴を聞いたことがないのだ。

「ねえねえ、お兄ちゃん、誰か紹介してよ、まわりに誰かいないの」

などという言葉を聞けば、兄として何とか力になってやろうとも思うだろうが、久美子はいつもぼんやりとした視線をテレビに向けているだけだ。昔からおとなしい女であったが、二十代も後半になるにつれますます寡黙となった。色白だけが取り柄の、これといって特徴のない顔立ちである。ずっと前、女性週刊誌を読んでいた幸子が、突然けらけらと笑い出したことがある。「ハイミスになる人相」というイラストが載っているが、それと久美子の顔がそっくりだというのだ。どれどれと忠紘も雑誌を手にとって眺めた。久美子の方がまだしも可愛げのある顔だと思うものの、確かにおおまかな輪郭は似ている。

そうか、妹は典型的な嫁かず後家の顔か、それもいいなと忠紘は思った。すべてをあきらめ、中年となった久美子が両親のめんどうを見る。この家でひっそりと房枝たちと暮らす。それは忠紘にとっていちばん理想的な、この家の二十年後の姿である。

が、目の前の久美子は、兄のそんな虫のいい考えをふり払うかのようだ。スーツやワンピースを着ている時は誰も気づかないが、ぴっちりしたジーンズを穿くとよくわかる。久美子の腰から尻にかけての線はかなり魅力的なのである。

「だけど今さら、あの年になって武器にも出来ないだろうしなァ……」

極めて無責任な視線で忠紘が妹を見送った時だ。ものひとつ言わず兄の前を通り過ぎた久美子が、くるりと向きを変え、早足で忠紘に近づいてきた。

「お兄ちゃん、本気？」

母親の房枝そっくりな薄い唇は、こういう風に人に問いかける時、非常に意地悪げなかたちになる。これはもう詰問であり、同時に兄を茶化している口調だ。忠紘も当然吐き捨てるように答える。

「ああ、本気だ」

「ふうーん」

閉じかかった唇が横に拡がり微笑となった。

それはもちろん温かい微笑といったものからほど遠いものだ。久美子はまたもや重ねて聞く。

「ホントに本気なの？　だけどさあ、いろいろ大変だよ」

「わかってるよ」

「私さ、あの時の修羅場、まだ憶えてるからね。あれを再現されるの嫌よ。全く、お兄ちゃん変わってるよ。今さらお母さんたちと同居しようなんてさ。こういうの〝飛んで火に入る夏の虫〟とか何とか言うんじゃないの。私、知らないからね」

忠紘はもう返事をしない。いまひと言何か口にしたら、妹と大喧嘩を始めそうだ。

誰が好きこのんでこの家に戻ってくるものか。自分たち一家がどれほどの犠牲を払い、どれほど悩み抜いて結論を出したか、お前は考えたことがあるか。元々よく思い起こせば、お前も今度の同居の大きな要因のひとつではないか。

忠紘は喉(のど)まで出かかった怒声をぐっと力を込めて飲み込んだ。

今年還暦を迎える忠紘の父の保文(やすふみ)と、五十八歳の房枝の上にもう一組の夫婦がいる。八十五歳の高一郎と八十三歳の淑子(としこ)だ。幸子と房枝とは決して仲のいい嫁姑ではないが、房枝と淑子はそれ以上だ。

「私は若い頃、お祖母(ばあ)ちゃんにどれほどひどいめに遭わされたか」

というのが口癖の房枝は、決して淑子たち夫婦の家に近づこうとはしない。歩いて十分ほどの距離であるが、ここ何年も姑の顔を見たことがないという。今年の冬、久しぶりに東京に積もった雪に足をとられ、淑子はしたたかに腰をうった。それに持病のリュウマチが悪化し、全く起き上がれなくなった淑子は近くの病院に入院したのだが、一週間めに泣いて夫に頼んだという。何とかここから出してくれ、家で死なせてくれと病床から手を合わせたと聞き、忠紘は穏やかではいられなくなった。

母の房枝は鬼のように言うが、初孫の自分をそれこそ嘗(な)めるようにして可愛がってくれた祖母である。幼ない頃は一緒に暮らし、商家を切りまわす房枝に替わって自分を育ててくれたのも淑子だ。昔の女子高等師範を出た淑子は、本を読む楽しさを忠紘に教え、この家の歴史を童話のようにして孫に語った。

「昔、昔ねえ、菊池の家はね、鷹狩りに来た殿さんが泊まったこともあるんだよ。その鷹がある日逃げ出してねえ……」

自分が優等生と呼ばれ、大学に進んでからは江戸文学を専攻したのも淑子のおかげだと忠紘は思っているのだ。

「あんたは実の親にはわりと冷たいけど、お祖母ちゃんにはメロメロだよねえ。ババ・コンだよ、マザコンじゃなくてババ・コン」

祖母のめんどうをみたいと忠紘が口にした時、妻の幸子はさも呆れたように叫んだものだ。

「孫がお祖母ちゃんのめんどうをみるなんて聞いたことがないよ。そりゃあんたのお義母さんは冷たい人だけど、それでも私たちの出てく幕じゃないよ」

しかし八十五歳の高一郎が、妻の看病に疲れ果てて入院したと聞いた時、幸子の怒声はため息に変わった。

「仕方ないかぁ……。あんたの家ってさ、血も涙もない人ばっかりだものね。よくもあんな不人情な人が揃ってるってびっくりするもんねぇ……。世の中って私たちみたいないい人間が損をするように出来てるんだもの。私、つくづくそう思うよ」

それに祖母ちゃんには世話になったしねぇと、幸子は小さな声でつけ加えた。

九年前、大反対というよりも、二人の結婚に対してほとんど殺意に近いものを抱いていた房枝を説得し、披露宴を自宅で挙げてくれたのは淑子であった。親戚が二十人ほど集まったささやかな宴であったが、淑子は仕出しの料理をとり、家に伝わる伊万里の皿に盛った。誰ひとり味方がいなかったあの時、きちんと嫁としての扱いをしてくれた淑子の行為がよほど嬉しかったのだろう。幸子は未だに大姑の悪口だけは決して言わない。

「よし、わかった。私がやりゃあいいんでしょう。私だって博多の女だからね、やる時はやるわよ。あんたの家の人たちと違って私は優しいんだから」

最後は涙を溜めながら、悲鳴のような声で宣言した幸子であるが、やはり引越しともなれば思うことは多々あったに違いない。追い打ちをかけるように姑の房枝は嫌味を言い、義妹は手伝いひとつしようともしないのだ。途中で腹を立て、幸子が部屋に閉じ籠もったのも、無理ないことだと忠紘は思う。

「おお、こわ……」

兄の強い視線をやっと感じたのか、久美子は肩をすくめるようにした。

「そんなにおっかない顔しないでよ。私、これから夕飯の買い物に行くのよ。お母さんがさ、引越し祝いっていうんでご馳走するんだって。あの人だっていろいろ気を使ってるんだからさあ、認めてあげてよ」

まるで接吻するほど近く、兄の顔にぐいと寄って久美子は囁いた。

「言ってみればさ、お母さん、お祖母ちゃんのことでお義姉さんに弱み握られちゃうわけだからさ」

忠紘は未だかつて、自分の母親より料理のへたな女に会ったことがない。そしてそのことに確信を持ったのは幸子と出会ってからだ。小さな料亭の娘として育った幸子は、出刃包丁を持ってすばやく魚を料った。刺身も鯖鮨もたちどころに出来上がり、まるで魔法を見ているようで忠紘は驚きの声をあげたものだ。

「そんな顔しないでよ、博多の女だったらさ、誰だって出来るわよ。覚悟があるっていうんなら河豚だって食べさせてあげるわよ」

幸子は照れたように言ったものであるが、博多に居た間も幸子のような女は見たことがなかった。結局天成のものだと気づいたのであるが、それならば房枝の食べることに対しての興味の無さ、味つけの悪さというのもこれまた生まれつきのものだったろう。

その夜、引越し祝いといってテーブルに並べられたものは、出前の鮨桶とサラダが一皿であった。しかも鮨は〝並〟であったから、色の悪いマグロがべったりと飯の上にのっている。

新興住宅地のこのあたりの鮨屋は、昔から不味いことで有名なのだ。日頃、母親の幸子からうまいものを食べ慣らされている八歳になる長男の洋などは、ほとんど手をつけようとしない。

しかも大口を叩いて買い物に出かけた久美子が買ってきたものは、レタス、キュウリ、サラダ菜といった月並みのものだ。房枝はそれを極めて大雑把に切り、マヨネーズの大きなチューブをでんとその横に置いた。幸子の手づくりのドレッシングや、クルトンや茹で海老の入ったサラダとはえらい違いだ。

しかし久しぶりに全員が揃ったことで、父親の保文は上機嫌である。今日入荷したという大吟醸の栓を抜き、長男忠紘、そして嫁の幸子の順で勧めた。

今年六十歳になる保文は、毎日重い酒瓶を運んでいるせいか、がっしりとした筋肉が肩や胸についている。もう少し頭部をおおうものが多かったら、五十代前半に見えたかもしれない。三十四歳の忠紘は、父親の額のあたりを見るたびに、かなり強い不安にかられるのであるが、幸いなことにまだこれといったきざしはない。

「忠紘は頭の内側も外側も、お祖父ちゃんに似たんだよ、よかった、よかった」

まだ忠紘が独身の頃、ということはまだ母親と友好状態にあった頃、房枝はそんなことをよく言って息子をからかったものである。

明治生まれの祖父高一郎は、早稲田大学の昭和七年だかの卒業生である。が、父親の保文は新制高校しか出ていない。戦後のどさくさでそれどころではなかったと彼は主張するが、成績が悪くて高校もやっと卒業出来たのだと親戚の年寄り連中は証言する。

そもそも菊池の家はこのあたりきっての大庄屋であったと、その年寄り連中は口を揃えて言う。今じゃビルが建ち並ぶ駅前のあの土地も、あのスーパーがあるところも、あの駐車場もみんな菊池の家の畑だったと、ひとしきり自慢話が続いた後は、例によって没落物語だ。明治の末に、何代めかの当主が米相場に手を出し、財産のほとんどを失うはめになったというのである。そのため一家は住み慣れた家を売り、駅前に移って酒屋を始めたのだ。昨日まで庄屋さま、庄屋さまと、皆にぺこぺこされた身の上が、今度は一介の商人となって酒の枡売りをしなくてはならなくなった。

この話を幸子にした時、

「へえーっ、昔読んだ『次郎物語』とそっくりだ」
と笑ったが、忠紘もあの本を読んだ時は、昔のわが家のありさまを見たような気がしたものだ。となると庄屋のお坊ちゃまから酒屋の息子となった祖父高一郎は、主人公の次郎ということになる。実際、高一郎が青年の頃は、名家だったという矜持（きょうじ）と多少の家作が残っていて、彼は戦前の大学へ進学し、結婚を機に家も建ててもらったのである。その家が今も残っている敷地百五十坪の一軒屋だ。

うまくすればこの家の名を元に、菊池の家を再び盛り返すことが出来たかもしれないが、勉強嫌（ぎら）いの保文は、ただの酒屋の親父（おやじ）におさまってしまったと祖母の淑子も以前口惜（くや）しげに言ったことがある。

となれば保文は不肖の息子ということになるが、これには彼も言い分がある。間口が広いだけの昔の酒屋を、早い時期にテナントビルに建て替えたのはいったい誰なのか。今でこそ「リカー・ショップ」というしゃれた看板を掲げる店はこのあたりでも増えたが、十二年前にそんなことをする酒屋は都心でもあまりなかった。駅前の一等地に家族が住むのはもったいないと、自宅は別にして、ビルの部屋はすべて賃貸とした。英語教室や税理士事務所といった安定した店子（たなこ）を入れたおかげで、まわりの同業者が酒の安売り店にびくびくしている頃でも、安心して暮らしていける。

家族にもまわりの人間にも、口に出して言ったことはないが、保文は自分の生涯に大いなる満足と誇りを持っているのである。彼は菊池の家系に初めて出現した楽天家と言われているが、彼の十年来の大きな悩みであった妻房枝と嫁幸子との確執も、今度の同居で大きな歩み寄りを見せた。残る最大の気がかりは、老母淑子の看病であるが、それは何と嫁が引き受けてくれるというのだ。

いま彼の顔をてらてらと光らせているものは、決して酒の酔いばかりではなかった。

「まあ、サッちゃん、ぐっといこうよ、ぐっと」

保文は喜びのあまり、一升瓶を嫁に傾け、あまつさえ「サッちゃん」と呼びかけたのである。これには一同が目を丸くした。保文が幸子のことをそんな風に呼びかけるのを初めて耳にしたからだ。

「あんたとゆっくり飲んだことなかったよな。だけどあんた、結構いける口なんだろう」

「それほどじゃないけどね、お義父さん」

すっかり機嫌を直している幸子が膝を寄せていくのを、忠紘ははらはらしながら見ていた。いける口どころではない。幸子は黙っていれば、夕飯にひとりで缶ビールを三本空けてしまう。給料日後ならもっと飲む。

「私があんたと結婚した理由はね、ただひとつ、あんたが酒屋の息子だからよ」

といった言葉があながち冗談ではないとわかったのは一緒に暮らし始めてしばらくたった頃だ。最初の頃は親に内緒の同棲という緊張を強いられ、しかも色っぽい日々だったせいか、かなり大人しくしていた幸子だ。しかし、披露宴を挙げてもらい、洋が生まれてからは大っぴらに飲むようになった。洋が幼稚園に行き始めてからは、同級生の母親たちを集めて夕方から酒盛りをすることも珍しくなかった。

といっても幸子の酒は明るく豪快で、まわりの人々を誘い込む飲み方だ。母親の房枝が病的といっていいほどの客嫌いだったから、忠紘は学生時代も友だちをほとんど家に連れていったことがない。そんな彼が夜家のドアを開けると、何足もの靴と酒瓶が並ぶ日々に、とまどいと軽い恐怖を感じたのは自然のなりゆきであったが、

「パパー、こっち、こっち。早くグラスを持ってここに来なよ」

と幸子に誘われ、気がつくと隣近所の主婦にビールを酌いだりしてやっている。幸子は手早く、安い材料でいく皿もの肴をつくり、皆に箸で分け与えた。

「あんたは元々そういう要素があったのよ」

と後に幸子に言われたものであるが、いつのまにか忠紘は客を待ち、客のためにいそいそとビールを冷やすようになった。

今まで二回ほど引越しを夫婦で経験しているが、そのたびに近所の女たちは別れを惜しんで泣いたものだ。

「菊池さんたちがいなくなったら、私たち、本当に淋しくなっちゃうわ」

今でこそ子どもが大きくなったために、酒宴は月に一回あるかないかになったが、あの頃は団地の同じ階の住民を引き入れてのパーティーを、毎週のようにやったものだ。酒をしこたま飲んだ後の幸子は甘えて忠紘の腕の中で眠る。そんな時彼は、このような豊かさと楽しさを教えてくれた妻をつくづくいとしいと思った。

幸子は決して美人というのではないが、黒目がちの小さな瞳に、ぼってりした唇がとてもいい形をしている。それは四十六歳という年には勝てず、最近口角が下がり気味だ。けれども何か喋ろうとする時、唇の両端がピンとあがる。顔の真中で突然旗が振られるような、妻の表情を見るのが忠紘は好きだった。

いま幸子はその旗を上げようか、どうしようかとむずむずしているのがわかる。舅がなみなみと酌いでくれた大吟醸のコップを、いくらか遠慮がちにゆっくりと呑み干し言った。

「まあ、おいしい。お義父さん、さすがだねえ」

「そりゃあそうだ。こんないい酒はそこらの店には売っていない。俺と蔵元が仲がいいもんだから特別にまわしてもらっているのさ」

「忠紘さんは酒屋の息子のくせに、ビールの方が好きなんだよ。日本酒はあまり飲まない。だけどこれのおいしさがわかるようじゃなきゃ、酒飲みとはいえないよね」

「ああ、そうだとも、そうだとも」

「ねえ、お義父さん、せっかくこの家に来たからにはさ、私にも何か楽しみがひとつぐらいあるよねえ」

「楽しみねえ……」

保文は遠く〜思いを馳せる顔つきになる。彼は勤勉というのではないが、そうかといって、打ち込める趣味をこれといって持たない、よくあるタイプの人間である。こうした人々は〝楽しみ〟などという具体的な言葉を浴びせられると非常に困惑するのだ。

「たとえばさ、店のビールは好きなだけ持ってきてもいいとか」

「何だ、そういうことか」

保文は声を上げて笑った。

「ハハハ、酒屋に嫁にきてもらったからにゃ、棚にあるものは好きなだけ飲みな――って言いたいけどなあ、そうもいかないよなあ、母さん」

「そうなのよ、税務署がうるさくてねえ」

房枝は顔をしかめたが、その嫌悪の情は税務署員ではなく、目の前の嫁に向けられているのは誰の目にもあきらかだった。

「家族が飲んだ分は、売れたものとして課税するなんて言っているのよ。幸子さんも、もし」

房枝はこの「もし」という言葉に大層感情と力を込めた。

「もし店からビールを持って帰る時は、入金伝票を書いていって頂戴ね。その代金をうちから払うようなかたちにするから」

「はい、はい、わかりました」

幸子は肩をすくめた。忠紘はいくら幸子が酒好きといっても、飲むたびに入金伝票を書くような女とはとうてい思えなかった。

「それからねえ、ついでにいろいろはっきりさせておかなきゃね。私もここにくるまで幸子さんとすんなりきたわけじゃない。せっかく努力して築き上げたものを、台なしにするようなことはしたくないのよね。だからね、幸子さんにまず言っておくわ」

喋りながらも房枝の台拭きを持った右手は、テーブルの上をたえず動いている。そこはさっき美奈がマヨネーズのかたまりを落としたところだ。汚物が落下と頭のどこかで指令が下ると、たちまち房枝の手は動き出すのであった。

何かをこぼしたと思ったとたん、母親が瞬時のうちに台拭きを手にしているのが、忠紘は子どもの頃不思議で仕方なかった。手品でも使ったのかと思ったほどである。しかし大人になってわかった。何のことはない。房枝は家中の目立たない場所あちこちに、古びた布をしのばせているのだ。

「幸子さんね、私、部屋をきたならしくしておくのがどうにも我慢出来ないの。わかるかしら」

「よくわかります。私もそうですから」

よく言うよと忠紘は苦笑いしたいような思いにかられる。

「ホコリじゃ死なない」という言葉を幸子はよほど気に入っているらしく、わざわざ画用紙にマジックで書き鋲で止めているほどだ。そして美奈をぎゅっと抱き締め、頬にしつこいほどの愛撫を繰り返す。

「とはいってもママは心配だ。早く美奈が大人になって、お掃除大好きっ子になってね。そしてパパやママを死から救ってね」

小学校二年生の洋などはこういう時すぐに逃げるが、ほとんど何もわからない美奈は、くすぐったさに身をよじって笑うだけだ。すると幸子は感に堪えぬように叫ぶ。

「高齢出産ってハズレか大アタリのどちらかだってそうだけど、うちは大アタリだったよねえ、こんなに可愛くて賢い子どもがあたったんだから」

それにひきかえ、房枝の台所のステンレスはくもりひとつなく、上でアイススケートが出来そうなほどぴかぴかに磨かれている。いかにも料理嫌いの台所である。

「私はとにかく、汚ないことが駄目なのよ」

房枝はため息をつく。それほど潔癖に誇り高い自分の身を嘆き悲しむかのようであった。

「台所や居間を、子どもたちの汚ない手でべたべたされたくないのよ」

忠紘の傍で、あまり進まない箸を持て余している長男の洋の膝がぴくりと動いた。あの時なぜ母親を怒鳴らなかったのかと、忠紘は後に後悔することになる。

「ねえ、ねえ、前から不思議でたまらないんだけどさあ」

久美子がテレビのクイズ番組に向けていた顔をゆっくりと斜めに動かした。忠紘はかすかに身構える。妻の幸子はまだ気づいていないようなのであるが、この妹は鈍感さを装いながら、あたりを震撼させるような言葉をさりげなく発することがあるのだ。

「こんな狭いところに引越してこなくてもさ、お祖父ちゃんの家へ行けばいいじゃないの。あそこはだだっ広いところに、老夫婦だけで暮らしているんだから。何もこんなところに同居して、トラブルの種をつくることはないじゃない」

　人々はいっせいに沈黙した。気まずい空気があたりに漂ったが、やがて気を取り直して最初に口を開いたのは房枝であった。

「そんなことが出来るわけないじゃないの。あっちの人たちが黙っていないよ。みんな欲の皮を突っ張らせて、あの家を狙っている連中ばっかりなんだから。忠紘たちが一緒に住んだら、それこそ蜂の巣をつついたような騒ぎよ」

　房枝が〝あっちの人たち〟と呼ぶのは、小姑たちのことだ。保文は四人兄妹であったが、すぐ下の妹を四年前クモ膜下出血で亡くしている。本来ならその下の妹が母親の看病をすべきなのであるが、生憎と夫の転勤に従いて大阪へ行ったばかりだそうだ。末っ子の弟は五十二歳になる気のいい男で、淑子の秘蔵っ子ともいえる存在なのであるが、女房の方がどうも姑と折り合いが悪い。

「お祖母ちゃんはしんからきつい人だったからねえ。だから病気で倒れても、看病よりまず財産はどうなるかに目がいってしまう。全く人間の価値っていうのは、年とってからわかるよねえ」

　房枝は他人ごとのように言い、これには忠紘も呆れてしまった。姑を忌み嫌って、全く家に近づかないのはいったい誰なのか。房枝の意固地さというのは尋常ではなく、妻の看病に疲れ果てて、舅が入院した最中も知らん顔を決め込んでいたのだ。仕方なく夫の保文が泊まりがけでめんどうをみ始めると「店の配達がたまって困る」と文句を言ったという。忠紘は房枝を見ていると、わが母ながら「あっぱれ」と思わざるを得ない。憎しみという感情をこれほど大っぴらに長続きさせるということは、よほど強い心を持たねば不可能なことだ。

おっとり、というと聞こえがいいが、子どもの頃からおとなしく自己主張しない性格の忠紘から見ると、こういう人間はやはり驚嘆に値するのだ。いつのまにか房枝と和解し、同居に至った結果も案外こんなところに原因があるのかもしれない。

その時、幸子の顔の中の旗がピンと勢いよく上がった。

「お義母さんは、本当にお祖母ちゃんのことが嫌いなんだねえ」

この率直な質問に房枝は一瞬、口にしたばかりのカッパ巻きにむせそうになったが、それをゴックンと飲み込んだ喉の動きが大きな肯定となった。

「まあ……、いろんなことがあったからねえ。まあ、昔の私の話をすれば、今の若いお嫁さんなんかびっくりして腰を抜かすだろうね」

こんな時、決して房枝は夫の横顔を見て様子を窺ったりしない。すっぱりとした調子で続ける。

「いや、腰を抜かす前にまず信じてくれないだろうね。そんなことが昭和の日本で起こるはずがないって。私はねえ、人に言っても仕方ないことだと思っているのよ」

と言った後で、「例えばね」と房枝は続けた。

「私とか幸子さんは、ほらお腹にためない人間でしょう。腹に一物なしっていうことで共通している。だからね、いろんなことがあってもね、最後はこうして一緒に住んでご飯を一緒に食べることが出来るでしょう」

「……」

幸子の顔に複雑な微笑が拡がる。この時も彼女の旗は振られ続けているのだ。

「だけどね、あの人は違うのよ。本当に何を考えているのか、私はとうとうわからなかったわね。思っていることと、口にすることがまるっきり違う人だった」

この頃房枝は、姑の淑子のことを喋る時いつのまにかすべて過去形になっている。次に姑に会うのは、死骸となって横たわっている時と決めているようだ。もはや房枝の中で生きている姑というのは、想像つきにくいものらしい。

「あの人はねえ、とってもプライドが高かったのよ。いい家の出で昔の高等師範を出ていたってことをずっと鼻にかけていたからねえ。自分以外の女はみんなクズか何かだと思っていたんじゃないかねえ。だから弥生さんも正美さんも、お祖母ちゃんには寄りつかなかったんじゃないの」

最後は勝ち誇ったような尻上がりのイントネーションとなった。弥生というのは保文の大阪へ行っている妹、正美というのは保文の末の弟の嫁だ。房枝にとっては小姑と義理の妹にあたる。どうやら多数決の原理を以って、房枝は姑の看病をしない自分の弁護をしているようなのだ。幸子はにっこりと笑った。

「まあ、私は自分がクズだっていうことをよおく知っているから腹が立たないけど」

「そうねえ、幸子さんみたいに殊勝な人だとおばあちゃんも意地悪が出来ないかもね」

ひとまわりしか違わない姑と嫁はふふふと微笑み合った。

「お義母さんって、つくづく情の強い人だよねえ……」

その夜、床についてからも幸子はひそひそ話をやめようとはしない。壁一枚隔てたところに眠る久美子の様子を窺いながらも、いつものように饒舌になる。

保文一家が住んでいるこの家は、三十八坪の敷地に立っている痩せぎすの二階家だ。駅前の店をテナントビルに建て替えた際、房枝は家族が上に暮らすよりも、店子から家賃をとった方がはるかに率がいいと判断した。そして格安の建売住宅を購入したのである。

食べ物と同じように、住むところも彼女は感情や装飾をいっさい排除しているから、壁には絵ひとつ飾られてはいない。けれども徹底的に掃除が行きとどいている。台所のステンレス台は光り輝くばかりに磨かれ、その上に干されているまな板は、完璧なまでに左右対称の位置に置かれていた。たったひとつあまりにも意味ありげに置かれているため、そのまな板は台所を彩るためのオブジェのようにも見える。

「昔はあれほど綺麗好きじゃなかったよ。年をとって段々ひどくなっているんだよ」

と忠紘は言うが、房枝の潔癖症は金属部分ばかりでなく、木造部分にも及んでいて、こちらは被害が生じている。毎日あまりにも強く拭き掃除をするため、階段も引き戸の桟も白く乾燥しているのだ。もっともその白っ茶けた地肌は、建売住宅独得の淡色の壁紙と似合っていないこともない。が、それを見るたび忠紘は母の奥深いものに触れたような気がしてひやりとした気分になる。

もうじき六十になろうとする女ならば、少しワックスで艶がかかってもいいはずなのに、房枝ときたらがむしゃらに雑巾をかけることしか知らず、心持ちも体もささくれだっていると忠紘は思う。妻は言った。

「〝因果往復〟って、昔の人は本当にうまいことを言ったよねえ。人を憎めば、またそれが自分に返ってくる。姑とうまくいかなかった女は、やっぱり嫁ともうまくいかないんだからねえ。因果はいったりきたりするんだよねえ」

幸子の言う〝因果往復〟というのは〝因果応報〟のことだろうと忠紘は推理したが口をつぐんでいる。妹の久美子もそういうところがあるが、幸子は諺を使うのが大好きである。故事を引いたりすることもあるのだがたいていは間違っている。国文科出身の忠紘は、最初の頃いちいち訂正していたのであるがそのうちにやめた。

「いいんだってば、アバウトでさ。私は国語の先生じゃないんだから。諺なんてだいたいの感触さえつかんでいればいいのよ」

と幸子に言われるとそうかなあと思ってしまう。が今の〝因果往復〟は、母の房枝が何か赤い固まりと一緒にマラソンしている場面を連想してしまった。

「だけどさ、〝人生万事塞翁が馬、馬には乗ってみろ、人には添うてみろ〟なんて、昔の人はうまいことを言うわよねえ……」

幸子がまたおかしなことを言い始めた。

「まあさ、お義母さんもチラッチラッって嫌み言ってさ。私も昼間はむかーってしちゃったけど、でもね、あの頃のことを考えればすごい変化だよね。私に一応遠慮っていう感じで、いろいろ気を使ってるものね」

「お前もそう思う？」

「うん、思うわぁ。あの頃、はっきり言って鬼か悪魔かと思ってたけど、まあつき合っていけばさ、お義母さんも普通のおばさんだっていうことがよおく、わかった。ねえ、忠ちゃん」

いつもは〝あんた〟とか〝パパ〟であるが、幸子が夫をこう呼びかける時は、かなり機嫌（きげん）がいい証拠である。

「お義母さんたち、私のこと、感謝してるよねえ。何ていい嫁だろうかって思ってるよねえ……」

「そりゃそうだよ。誰もめんどうをみなかったお祖母ちゃんを引き受けるって言ったんだからね。聖女みたいなもんさ」

「おお、聖女妻、サチコ！」

幸子はおどけて、両の足の裏でぱんぱんと自分自身に拍手した。寝たままの何とも不精な拍手である。

「まあさ、いろいろ大変なこともあると思うけどさ、ちょっと辛抱してくれよ。何だかんだあったけどさ、僕は一応この家の長男なんだから」

「長男ねえ……」

闇の中で幸子はくっくっと笑い始めた。

「あんたさ、ふた言めにはよく長男、長男っていうけれど、今の世の中、そんなこと言うのおかしいよ。だいたいさ、この家、長男だとか跡取りがどうのこうのなんていううちかねぇ」

皮肉を言う時、幸子の語尾はしばしば博多訛りになる。そしてこの響きが加わると、忠紘はもう幸子に抵抗出来ない。

「あんたさ、最初はいいとこのボンボンで、すっごいエリートっていう触れ込みだったじゃないの。だから私も、お、頑張ろうなんていう気になったんだけどさ、なぁに、よく見りゃさ、どうっていうことのない酒屋じゃん。ビルを持っているっていったってちっちゃいやつだし、この家ときたら玄関開けりゃすぐにトイレだ。この程度の家でさ、菊池の家がどうしたこうした、長男だから責任あるなんて、ああ、わたしゃ笑っちゃうよ」

忠紘は黙っている。決して不快なのではない。十一年前初めて会った時から、早口でリズミカルにあけすけなことを言うこの女に魅かれ続けている。そしてそれがすべての始まりだった。

隣りの部屋から音楽が聞こえ始めた。低くうなるような女の歌声だ。日本の歌手らしく、〝恨む〟とか〝忘れられない〟という歌詞まではっきりと聞こえる。

「久美子の奴、あれじゃあ嫁にいけないはずだよなァ」

忠紘は舌うちをしたいような気分になる。

「今どきニューミュージックなんか聞く若い女なんているかあ。ロックはもう無理としてもさ、せめて洋モノでも聞いてくれればさ、少しは男でも寄ってくるかもしれないのにな」

「あんただってカラオケで唄う時はいつも演歌じゃないの」

「カラオケは別だよ。カラオケはさ、非日常を楽しむ場所なんだから。だけどあいつはさ、生活すべてがニューミュージックだからさ、たまんなくなっちゃうんだよ」

「久美子さん、欲求不満なんじゃない」

こういう言葉を発する時も、決して卑しい笑いを浮かべないのが幸子のいいところである。直接的な単語でさえ真摯な顔つきで口にするのだ。

「恋人もいないようだし、もう二十八歳でしょう。とても洋モノを聞く気分にはなれないと思うよ。やっぱりさ、ハイミスのためにそれなりの音楽ってあるんだから。もう好みの問題じゃなくてさ。それよりも……」

幸子は声を潜める。

「この家って本当に安普請だよねぇ。隣りの部屋の音がこんなにはっきり聞こえるっていうことは、こっちの音もつつぬけっていうことだよね。これじゃあとても夫婦生活は無理だよねえ」

「そのうち、おいおい何とかしますよ」

「まあ、あっちの方は我慢するとしてもさ、子どもたちが可哀想だよねえ」

　幸子は二つの寝息の聞こえる方向を眺める。忠紘が以前使っていた六畳の部屋を親子四人が使うことになった。船橋のマンションも2LDKで、それこそ肩を寄せ合うようにして暮らしていたから狭さには慣れている。けれども初めて親と同居することになった身の上としては、早くも息が詰まりそうだ。幸子は今日何十回めかのため息をついた。

「仕方ないかァ……非常事態だもんねぇ」

「そうだよ、船橋もそのままにしてあるんだから何かあったらすぐ帰れる。それにそう長いことないよ。僕はせいぜい半年ぐらいだと思ってる」

「それ、お祖母ちゃんが死ぬっていうこと？　年寄りは可哀想だよねぇ。そんな風に指折り数えて待たれるんだものね」

「何も死ぬってことじゃないよ。幸子が半年頑張ってもきっと何かが起きる。その時に僕たちはやっといろんなことが言えるじゃないか」

「いろんなことが言えるようになるって、どういうことさ」

「つまりさ、まわりの人の話を聞いてもだな、老人の看護っていうのはだな、まず誰か先発隊が行く。するとたいてい力つきて倒れる。するとやっと皆がこりゃあ大変だっていうことで相談が始まる。今まで知らん顔していたのもしぶしぶ協力することになる……。とまぁ、こういう手順が必要なんだ。だから幸子がとりあえず三、四カ月頑張れば、僕たちも皆に対して強いことが言えるようになると……」

「私、そういうの嫌（きら）いだよ」

　幸子はぴしゃりと言った。

「誰かがいつか何とかしてくれるなんて考えながら始めるなんて最低だよ。私も意地があるからね、私の手でお祖母ちゃんを元気にして見返してやるよ」

「僕の前でそういう綺麗ごとはよせよ。年寄りがすっかり元気に回復なんてことあり得ないんだから。そのうちには叔母さんも大阪から帰ってくるし、皆知らん顔も出来なくなる。まあ、損な役まわりだけど何とか頼むよ」

　あおむけに寝ているが、忠紘はこれでも土下座しているつもりなのである。

「だけどこの家の人たちは本当に冷たいよお……」

その言葉はもはや幸子の口癖になりつつある。

「うちのお祖母ちゃんが死ぬ時、私は高校生だったけど毎日看病したよ。帰ると制服のまんま、私お祖母ちゃんの枕元行くんだ。そしておまるを差し出してやるのさ。うちのお祖母ちゃんは死ぬまで癇性でさ、布団の中でウンコやおしっこをするのが我慢出来なかった。だから布団のわきに低いおまるを置くとさ、お祖母ちゃんは自分で寝返りをうって、おまるのところに腰を持っていくの。その時、寝巻きをずうっと上にあげるんだけど、孫娘の私に見られるの恥ずかしがるからさ、私も目をそらすの。だけどさ、後始末する時にやっぱり見えるんだ。お祖母ちゃんのあそこの毛、薄くなってってさ、私、こんなに年とってても毛がちゃんとあるんだってとっても不思議な気がしたのを憶えてる」

「くだらないこと言うなよ」

「くだらないことじゃないよ。もうじき死んでく人の毛を見るっていうのも、私はすごく大切な勉強だと思うよ。洋や美奈がもしいたら私はちゃんと見せたよ。それなのに久美子さんたら、そういうものをいっさい見ようともしない。男の毛もそんなに見たそうでもない。いったいあの人、何を思って生きているんだろうか……」

言いたいことをすべて口にしたのだろう。やがて健康な寝息が聞こえ始めた。

次の日、忠紘は幸子と一緒に早めに家を出た。デパートに勤務する彼は、近所の男たちに比べてややゆっくり出来るのであるが、今日はやることが多い。会社も〝遅出〟にしてもらった。

まず美奈を連れて幼稚園へ行き、保母たちに挨拶をした。実家から歩いていけるところに寺が経営している幼稚園がある。ここは忠紘と久美子が卒業したところだ。もっともあの頃園長だった住職も亡くなりすっかり代替わりしている。

「あんなにちっちゃいのに、転校させて可哀想」

と幸子は言っていたが、忠紘の見るところ母親似で人懐っこい美奈は、早くも目をきょろきょろさせて友だちを物色中だ。それよりも心配なのは洋の方で、この男の子が自分の小心で頑固な部分を引き継いでいるのを忠紘は知っていた。

しかしこの新興住宅地では転校生がそう珍しいことではないらしく、始業式の日の職員室では、〝出番〟を待つ子どもたちが、五人ほど父兄と一緒にかしこまって立っている。担任になる中年の女教師は、忠紘と幸子の心中を見透かしたように、黒ずんださし歯を見せて笑った。

「子どもっていうのは、親が思っているよりずっとたくましいものですからね。すぐに皆に溶け込みますよ」

　親子三人で教室へ入り、忠紘と幸子は後ろに立った。教師はピンク色の白墨を使い、ボードに大きく「きくち洋くん」と書いた。

「さあ、今日からみんなのクラスメイトになる菊池君ですよ。皆で一緒にご挨拶しましょう。『よろしくお願いします』ってね」

　その儀式は二十年前とほとんど変わっていない。忠紘は四月のあの日のことを思い出した。新調した紺色の制服のボタンは、ひとつひとつ独得のマークがついていて、それはおそろしいほどピカピカと光っていた。既に一年間その制服を着ているクラスメイトに混じると「新入り」という事実はあまりにもあらわになり、忠紘は恥ずかしさのあまりうつむいてしまったものだ。

「いい学校だよね」

　八分咲きの桜の大木が枝を伸ばす校庭を、振り向いて眺め幸子は言った。

「いかにも小学校っていう感じ。桜があってウサギ小屋があって、鉄棒があってさあ。でもあんたはこの学校には通わなかったんでしょう」

「いや、小学校はここだけど、地元の中学に一年だけ通って編入試験を受けたんだ」

「そう、そう、その話知ってる。それでわりと事件になっちゃったんだよねえ」

幸子は突然意地の悪い笑いをうかべる。こういう時は姑がらみの時だ。

「あんたが編入試験に受かって附属に入った時、お得意さんがすごく減っちゃったんですって？　酒屋の息子が名門私立へ行くなんて生意気だって……」

「ああ、あの頃は地元の中学校へ行くのが普通だったからな。制服着て駅まで行ったらやっぱり目立っちゃうよ。だからってお得意さんが減ったなんて、僕は聞いたことなかったけどなあ」

「言ったのよ。お義母さんが、私に」

幸子はひとつひとつ力を込めて発音した。

「それもすごく得意そうにね。そこまでして行かせることはないってお義父さんは言ったらしいけど、こんな頭のいい子を、そこらへんの子どもと一緒の学校に通わせちゃいけないってお義母さんは決心したんだって。そこらへんの子ども、なんて言う方も言う方だけどさ」

幸子はため息をついた。

「酒屋の息子が私立へ通って生意気、なんて言う方もどうかしているよ。このあたりはドングリの背くらべの安サラリーマンばっかりじゃないの。それなのに商売人に向かって、おかしなプライドを持つんだから、勤め人っていうのは面白いね。私もうちが水商売していたからよくわかる。あのさ、人っていうのは他人が働いている現場を見ると、弱み握ったみたいな気分になっちゃうんだよねえ」

「そうかなあ」

「そうだよ。だからさ、店屋の子っていうのは『お前のお父ちゃんを今日見たぞ』みたいなことを言われるのよ。サラリーマンっていうのは、どんなにペイペイだって、会社に来て皆がそれを見るわけじゃないからさ、へんに強気でいられるんじゃないかねぇ」

「僕はそんなこと、一度も感じたことないよ」

「あんたは鈍感だし、お義母さんがそれこそお坊ちゃんに育てたから気づかないだけなんだ。だけどさ、お義母さんもお義母さんだよねぇ。昔からすごい見栄（みえ）っ張りだったんだね。近所の人から、ふん、あんなとこの息子が、なんて反発喰（く）らうのは、やっぱりお義母さんに問題があったからだと思うよ」

「だけどさ、まあ、僕としては今となっては感謝してるわけだから……」

忠紘の取りなしをほとんど幸子は聞いていない。自分に向かって喋（しゃべ）っているのは、その歩調の遅さでもわかる。

「私は、この家に来て少しずついろんなことがわかってきたよ。あんたって本当に地元で有名人になるくらいのエリートだったんだね。お義母さんが私との結婚を、あんなに反対したのわかるよ。大切な大切な自慢の息子を、私みたいな女にとられたんだからね」

だけど、とそこで立ち止まった。

「だけどお義母さんが私にしたことは忘れないよ。今は仲よくしてても絶対に忘れないよ」

小学校の塀(へい)に沿ってしばらく歩くと、今度は寺の土塀が見えてくる。そしてその隣りに寺とほとんど大きさの変わらない邸宅の石塀が続く。

新興住宅地の典型のようにいわれるこの町であるが、寺のある界隈(かいわい)は昔からの住宅地で、戦災にも遭わなかったところだ。切り売りされて建った白い小さな家もあちこち目立つが、それでも坂の両脇(りょうわき)には大きな門のある家が並ぶ。

忠紘の祖父母が住む家は、少し前まではこのあたりで〝中の中〟クラスであったが、このところの街の様変わりで、いっきに〝上の下〟まであがった。百五十坪という広さはもはや東京近郊では豪邸と呼んでもいいものである。

といっても小さな冠木門(かぶきもん)のあるその家は、老夫婦だけで住んでいる証(あかし)の饐(す)えた臭(にお)いが漂っている。手間のかかる庭木は取り払われているが、わずかに残った松の枝のところどころにクモが巣くっている。雨戸が閉まったままのがある。

幸子は玄関の呼び鈴を押した。鍵がかかっている。用心深いのは老人の特徴であるが、はずしてくれるまでおそろしく時間がかかるので忠紘はいつも閉口しているのだ。

「おじいちゃーん、おばあちゃーん、いるう」

待ちきれなくなった幸子は大声をあげた。

「私だよー、幸子と忠紘。おたくの可愛い孫だよー。セールスマンじゃないから早く開けてぇー」

やがて人の気配がして引き戸が開いた。ラクダのシャツを着たままの祖父の高一郎が顔を出す。

「よお、ご苦労さん」

今年八十五歳の高一郎は、日頃は身だしなみのいい老人なのであるが、朝見ると白い無精髭が目立つ。妻の看護で倒れて以来、ところどころうす汚なさが滲み出るようになった。

「お祖父ちゃん、お早よう」

幸子は靴をこすり合わせるように脱ぎながら大きな声で尋ねる。

「お祖父ちゃんとこ、昨日何食べたの。心配だから来ようと思ったんだけどさ、引越しで忙しかったもんで悪かったね」

「保文が夕方来てくれて、天丼を出前で取って食べた」

「あら、そう、よかったわねぇ」

幸子と忠紘は廊下を歩きながらくすりと笑った。

「親父も大変だなあ。親のうちで天丼食べて、うちに帰ってから鮨を食べて」

「それだけ気を使ってるのよ」

「あっちで気を使い、こっちで使い、まるで妾宅来てるみたいなもんだよなあ」

言った後でハッとして幸子の顔を見た。

妾宅のようだなどという揶揄は今まで用心して使わなかったのにと、忠紘はしまったと舌うちする。博多で小さな料亭をしていた幸子の母親は、有名な建築屋の愛人だった。つまり幸子は私生児ということになる。

「私さ、ぼうっとしていたから何も気づかなかったんだよ。知ったのは中学入る頃だけどさ。ああそれで父親はあんなに威張ってて、あんまり家に寄りつかなかったのかと子ども心にも合点したけどさあ」

そんな幸子の言葉は何回か聞いたことはあるが、今の場合はあまりにも配慮が足らぬ冗談だ。誰もが尻込みした祖父母の看病を引き受けてくれた朝、つまらぬことを言ってしまったと忠紘は目を伏せた。

が、幸子は何も聞かなかったようなふりをし廊下を進む。昔の家だから濡れ縁をたっぷりとった間取りだ。半分しか雨戸を開けていないのでところどころ薄暗い。祖母の淑子は奥の座敷で眠っていた。枕元には薬袋やティッシュペーパー、カーディガンが半円型に散らばっている。

祖母の淑子は若い時、外国人のような美貌だとよく言われたという。その面影は今も残っていて、寝ている鼻梁がつんと高い。

忠紘は思うのであるが、人間の教養や品性、それまで生きてきた道というのは、六十代、七十代でくっきりと差がつく。しかし八十になるとほとんど何もかも溶けて同じになってしまう。

死ぬ前に皆を平等にしてしまう神さまというのは、つくづく頭がいいなと忠紘は考える。

「おばあちゃーん、おばあちゃーん」

幸子は耳元で小さく叫んだ。

「朝だから起きなきゃ駄目だよー。ずうっと寝たままだとボケるよ」

淑子がぱっちりと目を覚ました。少し濁っているが大きな二重の目だ。まばたきをしながら孫嫁を見た。

「幸子かい」

「そお、今日から私が来るからね。安心してね」

いつも美奈の幼稚園に持っていくキューピーの模様の手さげから、幸子は水色のエプロンをするすると出し、それをすばやく身につけた。

「ほら、このエプロン、お祖母ちゃんがいつかデパートで私に買ってくれたやつだよ。これ着て私、毎日来てあげるからね」

「ありがとう」

淑子はしっかりした声で礼を言ったが、なぜか目をそらした。おそらく照れのためだろう。忠紘は胸がいっぱいになる。子どもの頃から大好きだった美しいインテリの祖母だ。その祖母が、これほど無防備に老いと病いを自分にさらしている。これが哀しみでなくて何だろう。

「お祖母ちゃん、この家、暗くて湿ってるよ。縁側の戸、ちょっと開けるよ。今日は天気がよくてさ、いい風が入ってくるからさ」

エプロンをつけた幸子は、まるで背伸びをするように立ち上がった。腰のあたりに四十六歳という年齢にふさわしいたくましさが身についているが、どこかはずむような動作は少女のようなところがある。

　忠紘は妻の機嫌がそう悪くないことを悟った。昔からそうだ。以前住んでいたアパートの中でお産や病気があったりすると、幸子はえらく張り切り、夕食づくりや掃除をするために出かけたものだ。

「お節介な人間ってさ、口であれこれ言いながらも手が動いちゃうのよね」

などとつぶやく幸子の人のよさを、結局自分たちは利用しているわけであるが、今はそれにすがるしかないと思う。それにこれは幸子自身が語ったことであるが、今度の祖母の看病は、彼女が菊池家の嫁として認められるチャンスでもあるのだ。

　九年前に親戚だけ集めたささやかな披露宴はしたものの、ひとまわり年上で離婚歴のある幸子を見る周囲の目は、決して温かいとはいえなかった。けれども叔父や叔母たちも幸子の今度の行為には、さぞかし感謝をすることであろう。

　長男の妻の房枝が意固地さを貫けば貫くほど嫁の幸子には有利に働く。当の房枝でさえ、幸子には気を使っておかしいほどだ。幸子が祖母の看病をなし終えたら、房枝に貸しをつくることとなり、そこから本当の和解が始まるはずだった。

　もちろん夫婦でここまではっきりしたことを話し合ったわけではないが、忠紘の胸の内にも、幸子の中にもこの青写真はあるに違いない。そうでなかったら子ども二人を転校させてまで、親との同居に踏み切るはずはなかった。

「頑張(がんば)れよ」

思わず声が出た。が、その声の明るさが病床に伏せる祖母に対し、あまりにも不謹慎のような気がして、忠紘はこうつけ加える。

「じゃあ、お祖母ちゃんをよろしく頼むよ」

その時淑子は忠紘の方に顔を動かしたが、なぜだか不自然に視線をずらした。忠紘は不安にとらわれる。いつも人の目を見てきちんと話しなさいと言っていた祖母が、奇妙な表情をしたのだ。

「ひょっとしたらボケ始めたんだろうか」

忠紘は祖母の耳元に顔を近づけた。

「お祖母ちゃん、じゃあ僕はこれから会社へ行くからね。後は幸子がちゃんとやるから大丈夫だよ」

「ああ、ありがとう。心配かけて悪かったね」

しっかりした返事がきた。

座敷を抜けると、ひとつ部屋をはさんでダイニングキッチンがある。以前はもっと大きな台所があったのであるが、遠いのと北向きのため五年前にここに直したのだ。

老夫婦のために出来るだけこぢんまりとまとめ、淑子が「行儀が悪い」と嫌がっていたダイニングテーブルを置き、ガスレンジの横で食事をするようにした。それが幸いして、いま高一郎は自分で淹れた茶をひとり飲んでいるところだ。

ほとんど地肌が透けて見えているというのに、後ろの髪がひとすじピンと寝癖で立っている。わずかに残った生命力というものが、後退しながらもそこに結集しているようだ。

「お祖父ちゃん」

忠紘は声をかけた。

「僕はもう会社へ行かなきゃいけない時間だから。後は幸子に任せてあるから」

「ああ」

ぼんやりとした声で高一郎は答え、忠紘はそれが不満でたまらない。自分と幸子の労に対し、祖父ははっきりと感謝の言葉を口にすべきではないだろうか。目をしばたいて、ありがとうとでも言ってくれたら、自分はどれほど気分よく今日一日を過ごせるだろうか。

気づいてくれぬ褒美を待つ子どものように、忠紘はぐずぐずとそこにいた。祖父と孫との劇的なやりとりが欲しいと思う。

「茶でも飲め」

「うん」

仕方なく忠紘は椅子に腰をおろした。今まで父親の保文が顔を出し、なにくれとめんどうを見ていたはずであるが、台所は寒気がするほど汚れていた。流しのまわりは茶ガラが染点のようにしっかりしみつき、茶色の濡れた布巾が一枚だけ斜めにかかっている。幸子が見たらどんなに張り切ることだろう。掃除は決して好きとはいえない性質だが、人の家の並はずれた汚れをピカピカに磨きたてるのは得意なのだ。腕まくりして、スポンジを持つ幸子の姿が見えるような気がする。

茶を淹れようとしてきゅうすを手にとり、忠紘はかすかに躊躇した。藍染めのものだが、地肌が見えぬほど茶シブがついているのだ。幸子ならクレンザーで磨くだろうが、房枝だったら即叩き割ってしまうに違いない。世間の人も、そして忠紘自身も、舅姑のめんどうをいっさいみない房枝のことを悪く言うが、異常ともいえる母親の綺麗好きを知れば老人と住めるはずけない。房枝にとって、老いることは自分が何より嫌悪する穢れの元凶なのである。

忠紘はほんの少し母に同調しながら、同じく茶シブだらけの茶碗でぬるい茶をすすった。

いつも思うのだが、年寄りの家で飲む茶というのはぬるくてからい。渋いのではなく妙なからさがある。

その茶を先ほどからずるずると高一郎はすすっている。大きな音が出るのは、茶をいつまでも飲み込まずに唇のあたりで遊ばせているからだ。子どもが牛乳を飲む時とそっくり同じだと忠紘は思った。

「おい」

彼は言った。

「船橋の家はどうなっているんだ」

おとといまで忠紘一家が住んでいた千葉のマンションのことを知りたいらしい。

「どうなってるって、別に。そのまま荷物を置いてきているよ」

「そうか、人に貸したりはしないのか」

「そんなこと出来るはずないじゃないか。お祖母ちゃんの具合がよくなったらあそこに帰るんだし。そりゃあさ、ローンがこんなに苦しいんだから、住んでいない時に貸せたらと思うよ。だけどさ、そんなに都合よくいくわけもないし、もったいないけどそのままにしてるよ」

「そうだ。そりゃあそうだろう」

また大きな音が茶碗からもれる。祖父は何か考えているらしいと忠紘は気づいた。おそらく房枝と幸子とのことを心配しているに違いない。

「まあさ、僕たちと母さんっていうのは、この十年かけてさ、何とかお互いわかり合えるぐらいのところまでいってさ、今度のことでいっ気に前進って感じがするんだよな。それにさ、母さん、僕たちに結構遠慮してるんだよ。昨日もさ、これからはみんなの夕飯は私がつくるなんて宣言しちゃってさ」

「房枝がそんなこと言ったら、みんなが震え上がっただろう」

高一郎がかすかに笑った。同居した期間は短かかったはずなのに、房枝の料理の不味さは骨身に染みているらしい。

「うん。それでね、すかさず幸子がそれは私にさせて、って言ったんだ。お義母さんはお店があるから、私が夕方に帰ってつくっときますなんてけなげに言ってたけど、あいつ食いしん坊だからさ、絶対に食べ物のことは譲らないと思うよ。でも母さんもほっとした感じでさ。ま、そんなわけで今のところはうまくいっている」

「そうか。そりゃいい」

高一郎はぼんやりと言う。忠紘は祖父の期待しているものが自分の考えとは違うことを悟った。また高らかに茶の音。しばらく見ないまに祖父は染点の数が急に増えたようだ。昔食べたアイスクリームの容器のように、水玉がところどころに散っている。茶と黒の水玉ワンピースのような肌を持つこの老人が、華やかなロマンスの持ち主だとは、いったい誰が信じてくれるだろう。

忠紘は祖父母の古いアルバムを何度か見たことがある。昭和がフタケタになったばかり、淑子に言わせると、

「日本がいちばんよかった頃」

二人で写した写真だ。高一郎も淑子も帽子を被り、しゃれた洋装をしている。高一郎もなかなかの男前だが、それよりも目をひくのは淑子の美しさである。ウェイブをつけた短かい髪が、いかにも時代の最先端という感じだ。

淑子の実家は群馬の地主であったという。地主は地主でも菊池の家とは格もケタも違う。醸造も営み、それこそ何十人という使用人がいた。一族からは有名な学者や軍人も出て、駐米大使を長く務めた某は、淑子の遠縁だと以前教えられたことがある。兄の早稲田大学入学を機に、上京した淑子はすぐに高一郎と出会う。兄と高一郎とは早稲田で同級生だったのだ。

二人の結婚に関しては多くの反対があったが、それを貫いたのは高一郎の一途さであったらしい。にわかには信じられない話だが本当のようだ。

「あの時代、恋というのは思想と同じだったからね」

高校生になった孫の忠紘に、淑子は照れることなく解説したものだ。

「つまり普通の人がやれないことをしている、自分たちは選ばれた人間なんだという闘志に燃えてしまうのね。本当の中身などあまり考えやしない。まわりの人たちの反対は弾圧ととってかえって張り切ってしまう。でも考えてみればいい経験でしたよ。あの時代、人がやらないような結婚をしたんですからね」

そこへいくと、あなたの父親はと、淑子は意地悪げに微笑む。

「結婚にしても何にしても全く気概というものがない。大学もどうでもいいとぐずぐず言っているうちに、結局機会を逃してしまった。結婚も同じですよ。ごくありきたりの、つまらない見合い結婚なんですからね。明治生まれの母親の私が、親の決めた見合い結婚するぐらいなら死んでしまおうと思っていたのに、民主主義の時代に育ったあの人は、すべて安易にことを運んでしまったのよ」

大学生になった忠紘にはもっと辛らつなことを言ったものだ。

「あなたのお父さんもね、房枝さんのことは最初は気に入ってなかったのよ。けれどもね、中に入った人にやいやい言われるうちに、断ることが出来なくなってしまったんですよ。最後には誰でも一緒だからみたいなことを言うから、私はそりゃあ腹を立てたものよ。情けなくって口惜しかったわ」

あまりにも「情けない」「口惜しい」を繰り返すので、忠紘は少々閉口したものだが仕方ない。淑子はあの時もう七十になっていたのだから。

母親の房枝の側も、いくらか間を置いて、隠匿していたものをやがてあらわにするようになった。

「お祖母ちゃんのあの見栄っぱりと意地の悪さは、ありゃあ病気だよね」

忠紘が大学に進学した頃、彼女は顔をゆがめて言ったものだ。

「家柄がいい、金持ちだったっていってもね、戦争でみんなおじゃんになってしまった。それなのにあの一族は気位ばっかり高くてね、とんでもない勘違いをしているんだよ。おばあちゃんはね、最初から私が気に入らなかった。自分の息子のところにはね、どんないいところからでも嫁がくると思っていたんだから。ふん、冗談じゃないよ。あの頃の菊池の家なんかね、家作は戦争で焼けて何も残っていなかったし、酒屋だってそれこそ閉店同様だったんだから。おまけにあんな気性の姑がいる家に誰が嫁にくるもんかね。それなのに私は本当にいじめ抜かれたんだ。あんたがお腹にいる時なんかね、あまりのつらさに無事に生まれてくるはずがないと思ってたよ。人を働かせるだけ働かせといて、下品だ、育ちが悪い、って箸のあげおろしまでいろいろ言われたんだ……」

忠紘は最初のうち大層閉口したものだ。祖母と母親とが仲が悪いということは前々から気づいていたが、それでも房枝は一応取り繕うさまは見せてくれた。ところが彼が大学生になったとたん、

「長男のあんたにはちゃんと聞かせておいた方がいいと思って」

という名目のもと、さまざまな愚痴を聞かされるようになったのだ。けれども適当にあいづちをうつコツを覚えるようになってから、母親の話に忠紘は奇妙な面白さを感じるようになった。

それは昔祖母の家に泊まった夜、淑子が聞かせてくれた昔話のようだ。

「うちには古い井戸があってねえ、ある日女衆が水を汲みに行ったら、中に狐の顔が見えたって大騒ぎになってねぇ。私のお祖父ちゃんっていう人が、井戸さらえをしたんだよ。そうしたら中からお稲荷さんのお札がごっそり出てきて、大騒ぎになったんだよ」

ねえ、忠紘にこんな話をしたくないのよ。でもねえ、お父さんはあんな人だし、あんたにはいつか私の気持ちをわかってもらおうと思ってと房枝は喋り続ける。その声は一種の哀愁を帯びた調子を持ち、彼女の中でひとつの物語が完成しているのがわか

る。

　ある時ねえ、お祖母ちゃんに呼ばれたの。正座させられていつものお説教だ。房枝、私の前で浴衣を縫ってごらん、何も言わずにおし。あんたの針仕事、前から手つきがおかしいと思ってた……。

「お前なぁ……」

　高一郎はやっと茶碗から唇を離した。だらしなく閉じられた唇の端から水分が垂れている。そうでなくても老人の顔というのは湿っぽいのに、さらに口元がぬらぬらと光る。

「お前なぁ、何も帰ってくることはなかったんだ」

「よく言うよ」

　忠紘は唇をとがらせて祖父に抗議した。

「僕たちがやらなくて、いったい誰がお祖父ちゃんとお祖母ちゃんのめんどうをみるんだよ。お母さんはあんな風だし、叔母さんは大阪だ。お父さんが毎日来てるっていったって、やることはたかが知れてるだろう」

　喋っているうちに次第に腹が立ってくる。全く祖母にしても、祖父にしても今度のことをどう思っているのだろうか。孫が祖父母のめんどうをみるというのは、まわりでも聞いたことがない。今度のことは、初孫の自分が祖父母をいかに愛しているか、母親の行為をどれほどすまなく思っているかの証なのだ。布団の中から涙を流して手を合わす……というのは少々大げさとしても、感極まっての感謝の言葉ぐらいあってもよいはずだ。それなのに祖父の「帰ってくることはなかった」と言った時の、この淡々とした様子はどうだろう。

「そう怒った顔をするな。だけどなぁ、年寄りのめんどうっていうのはやり始めるときりがないぞ」

高一郎は全くの他人ごとのようだ。

「やるからにはとことんやらなきゃならん。俺はなあ、自分らのために若いもんの人生が狂うようなことがいちばん嫌だ」

「嫌だっていったってさ、もうそれ以外にはないんだぜ、お祖父ちゃん」

「それはわかってるがな、やっぱりつらいし嫌なもんさ。俺はな、若い時からどういう風に生きていこうかなんて考えたことはないが、どういう風に死のうかって考えたことはあるな。中国へ兵隊で行ってた時、あの頃はよく考えたな。まあ、あの時考えたことも日本へ帰ってきてからはすぐ忘れた。それから五十年もたって、この年になるとまた考えるようになった。人間なんしな、どんな風に生きようって立派なことを考える奴は少ないが、たいていの奴は年をとると、どんな風に死のうかってちゃんと考えるもんさ」

「そんなこと言うなってば」

忠紘は当然こうした話題が苦手である。

「この頃俺が考えることはな、目を覚ましたらそのまま死んでたなんてのがいいなあ、なんてことさ。ああ、目を覚ますと死ぬなんていうのはおかしな言い方だな。とにかくすうっと火が消えるように死にたいなあ。呆けて小便やクソを垂れ流すのだけはご免蒙りたいと思うが、ま、それもどうなるかわからん。好きなように生きられないと同じで、好きなようにも人間死ねんもんな」

喉が渇いたのか、また茶碗から音をたてて茶をすすった。

「ま、俺たちのことはほっといてくれてもよかったんだ。ばあさんがちょっと可哀想かもしれんが、身のまわりのことはまだ俺がひとりで出来る。俺はな、まだ六十、七十の頃、ひとり暮らしで寝たきりの老人がどうやって生きていくんだろうって不思議でたまんなかったが、今ならよくわかる。つまらん見栄や好みを言わなきゃ、人間どうやったって暮らしてけるもんさ。何も枕カバーやシーツを毎日替えることもないし、ちゃんと茶碗を並べて飯食うこともない。そう思い定めればな、人間は這ったって寝たままだって生きていけるんだ」

「あんまりそんなこと言わないでよ。僕なんだかつらくなってしまうじゃないか」

忠紘の目の端が熱くなる。今日は芝居じみたシーンをどこか期待していたが、これはやり過ぎというものだ。忠紘の知っている祖父というのは、楽天家で万事がのんびりとしている。その祖父から隣家の猫のことを話すように、老いや死について語られるのが、これほどつらいとは思わなかった。つらさを通り越して軽い恐怖さえ感じてしまう。

「そんな顔するな」

高一郎は再び言った。そう言えば昔からよく叱られたものだ。お前はまるで女のような顔つきになることがある。特に哀しげな顔になる時がそうだ。男はそんな顔をしちゃいかん。きっと人につけこまれるぞ。

「だってお祖父ちゃんがいけないんだよ。死に方がどうのこうのって言って、こっちを脅かすんだもの」

「すまんことをしたが気にすることはないさ。死ぬとか何とか言って若い者を暗い気分にさせるのは、年寄りの楽しみなんだからな。このくらいしか若いもんに勝つもんはない……」

だけどそれにしてもと、高一郎は繰り返す。

「何も帰ってくることはなかったんだ。俺と保文で何とかして、どうにもならなくなったらばあさんを説得して病院に入れるつもりだった」

「病院って、お祖母ちゃん、あんなに嫌がってたじゃないか」

「それをちゃんと説得するんだ。今どき自分の家で死ぬことがどんなに贅沢かって言ったら、あのばあさんも聞いてくれるだろう」

「やめてよ、そんな話さ」

忠紘は耳をふさぎたくなる。大好きで誇りだった祖母、そして愛すべき人物の祖父。九年前幸子と結婚した頃は、あれほど元気で頼もしかった二人が、どうしてこんなことになってしまったのだろうか。わずかの間に、誰かが祖父母をすり替えてしまったような気さえする。よく似ているけれど、外見はぐっとしなび、そして何より中身が変わってしまった。この家は昔のままのようでいて実は違う。すり替えられた他人が住んでいるのだ。

秘密

不景気のせいで、人出は多くなったものの売り上げが少しも伸びないゴールデンウイークがやっと終わり、平常通りの定休日がやってきた。平日に休みがとれるというのは、デパートに勤めるものの幸福のひとつである。入社したての頃(ころ)は、普通の会社に勤める友人たちと会う機会が少なくなったことを嘆いたものであるが、そうしたものがひととおり整理されると、かえって便利なことが多い。

盛り場は空(す)いているし、場所によっては割引きされたりする。子どもたちには淋(さび)しい思いをさせることもあるが、それは夏や冬の長期の休暇で穴埋めすればいいことだ。

いま忠紘は壁にもたれてＣＤを聞いている。クラシック音楽、特にオペラを聞くことは彼の大きな楽しみのひとつだ。給料の具合や勤めの都合で、生の舞台を観(み)るのは、それこそ年に一度か二度であるが、忠紘はアリアが流れ始めると、幸福のあまり胸の動悸(どうき)が早くなるのがわかる。息苦しくさえなる。こんな時、忠紘の顔は幸子にいわせ

ると、

「とてもブルジョワ的な顔をしている」

のだそうだ。ブルジョワ的な顔というのはどういうものかと質問したら、

「何かに酔っている自分にとても酔っている顔」

という即答がきた。

その幸子は少し小さいのではないかと思われるエプロン、後ろでリボンを結ぶと胸がくっきりあらわになる、多分貰い物だろうと思われるものをつけている。彼女の場合、エプロンはたいていい人からの贈り物だ。船橋に住んでいた時、幸子はいつも何かしら人の世話をやき、そのお礼だといってエプロンの包みを貰っていた。どうやら主婦同士の贈答品には、それが一番人気があるのだなと、デパートに勤める忠紘は興味深く見守ったものだ。

幸子はあまり柄的にもサイズ的にも似合っているようには見えないピンク色のエプロンを締め、何かを決意したように化学雑巾のハタキを手にとった。こうして見るとハタキは、何かの武器に見えないこともない。

彼女はいつもどおり祖父母の家へ〝出勤〟した後、また戻ってきたのである。クラシック音楽を楽しんでいる夫にとって、掃除仕度の妻に前を横切られるほど目ざわり

なことはない。だから世の中の夫がそうするように、忠紘も不機嫌な声を出した。

「そんなこと、後でしたらいいじゃないか」

「この部屋の掃除だったら後でするけど、階下のよ。さっきお義母さんに言われたのよ。子どもたちが汚して困るってね。お義母さんはね、洋と美奈が来てから、この家がへんなにおいがするっていうのよ」

「へんなにおい？」

「そう、涎たらしたり、裸足でそこいらを歩きまわるにおいなんだって。ああいうにおいを嗅ぐと頭が痛くなるんだってさ。変わってるよね、全く。私なんかこの世の中に、子どものにおいぐらいいいものはないんじゃないかと思うんだけれども、あの人はたとえ孫だって我慢出来ないんだ。だからさ、私、お義母さんの留守にちょっと階下をピカピカにしてこようと思ってるんだ」

「いいよ、そんなことしなくても。掃除はお袋の分担だし、あの人の趣味みたいなものだから」

「そうはいかないわよ」

幸子はかん高い声で答えた。

「自分の子どもが汚ないだの、臭いだの言われて黙っていられると思う？　私さ、口惜しいからうんと綺麗にしてやろうと思ってるんだ。だいいちさ、お義母さんの掃除って知ってる？　馬鹿力入れて、雑巾でごしごしやるだけなんだから。まるで親の敵取るみたいな顔して、白木も合板もみんなごしごし……。私はもう呆れちゃってさ。お義母さんは綺麗好きっていうよりもさ、ただこの家の中にあるものすべてが気に入らなくてこすったり、叩いたりしているだけなんだから」

忠紘はやれやれと思う。本格的にすべてが始まったという感じだ。同居して一カ月たつが、今までこれといって波風がたたなかったのが不思議なのだ。

忠紘と幸子の予想どおり、房枝は若夫婦に対して大層遠慮していた。何しろ自分が知らんぷりをしている姑のめんどうをみてくれるために、この家にやってきた息子と嫁なのだ。言葉を選び、テレビのチャンネルも譲り、そしてなんと近所の洋品店からエプロンを買ってきて幸子に与えることまでした。

それに酒屋の店先に立っている房枝は、朝の九時には家を出て、帰ってくるのは八時過ぎだ。その頃には幸子の夕飯も出来上がっている。ピカピカに炊き上がったご飯、自分で料ったカツオのたたき。今まで菊池家のテーブルには上がらなかったものだ。これで文句が出るはずはない。

ところが一カ月過ぎたおとといの夜、房枝はたまりかねたように言ったものだ。

「洋と美奈、もうちょっと何とかならないものかしらね」

「何とかならないってどういうことですか」

幸子がやや気色ばんで問うと、房枝は困惑しきって首を横に振る。

「あの子たちったら、おもちゃをちゃんとしまわないから、家へ帰ってくると畳の上に絵本や人形があるでしょう。私はね、家へ帰った時に畳が全部見えないとぞっとするの。畳の上にものが置いてあって、ちゃんと見わたせないとね、本当に背筋が寒くなるのよ」

「そうはいっても子どもですからね、使ったものはすぐにしまうなんてことは出来ませんよ。子どものいるうちってそういうもんじゃないかしら、お義母さん」

「もちろんそうなんだけどね、うちは大人だけで静かに暮らしていたわけだから、慣れないっていうか、子どもが散らかしたものを見ると、それだけで息が詰まりそうになるのよ」

房枝に少しでも意地悪げなところが見えたら、幸子も負けてはいなかっただろうが、姑はしんから弱り切ったように見える。房枝は度が過ぎると思われるほど綺麗好きだ。柱も桟も水雑巾でこすり過ぎ、彼女自身のように白っ茶けている。食事が終わろうものなら房枝は重大なことをうながすように食器をすぐさま片づけ、力いっぱい水道の蛇口をまわす。そしてかしゃかしゃと洗い物を始めるのだ。だから家の茶碗も皿もほとんどのものが縁が欠けたり、ひび割れたりしている。しかし房枝のつくる、口の曲がるほど塩辛い煮物や野菜炒めにその食器のわびしさは似合わないことはない。そんな姑に孫の涎も愛せよというのは無理な注文かもしれなかった。

房枝が店から帰ってくるまでに洋と美奈の食事は終わっている。けれども時間がずれて一緒になろうものなら、房枝の箸は凍りついたようになる。三歳の美奈の口から、スプーンから飯粒や卵焼きやマッシュポテトやさまざまなものが落ちる。幸子はそれを拾って美奈の口に入れたり、また自分の口に入れたりする。房枝は最初そういうものを見ない振りをするのであるが、やがてちらりちらりと視線を向けるようになる。そうなると駄目だ。彼女のごっくんと喉を鳴らす音がしたかと思うと箸はただちに置かれる。房枝は用事があるようなことを言って立ち上がり、もうテーブルには戻らない。後でこっそりとひとりで済ませるのだ。

「ねえ、私は不思議でたまらないのよ。お義母さんって、いったいどんな風にしてあなたたちを育てたの」

そう言われてみても忠紘は全くといっていいほど記憶がない。ただ買い喰いをするとひっぱたかれたこと、いつもこざっぱりとした服装をさせられたことだけぼんやりと憶えている。

「僕が子どもの頃は普通の母親だったと思うよ。綺麗好きだったのは本当だけれど、今みたいに病的なもんじゃなかったと思う」

「じゃあ、いったいいつからあんな風におかしくなったの」

と幸子に問われ、

「それは僕たちの結婚の頃から」

とうっかり答えそうになり、忠紘はあわてて言葉を飲み込んだ。けれどもあの頃の房枝は確かに異常だったと言っていい。

それまで長いこと忠紘は、テレビや雑誌の人生相談に出る女は普通の人間ではない、人並みはずれて愚かで変わった人間だと思っていた。けれども自分の母親がその一人だと知った時の驚き！

あれは得意先へ行くためにタクシーに乗った時だ。いつもは電車やバスを乗り継いでいくのだが、にわか雨が降ってきたため、近づいてくるタクシーに手を上げた。十年前の昼どきだ。

軽薄そうな中年男の声がラジオから聞こえてきた。

「さあ、あなたの人生の悩み、何でも聞きます。何でも答えますよォ」

最初は若い女の声だった。二十六歳の主婦だがもう三年間も夫と性関係がないという。

「ペッティングまではいくんですけど、それ以上は駄目なんです。立たないんですよッ」

女のきんきんした声は、雨の中を走るタクシーの中でとてもよく響き、忠紘と運転手は気まずい沈黙に陥った。運転手はチャンネルを替えようと手を伸ばしかけたが、また思い直したように引っ込めた。そしてあの声が聞こえてきたのだ。

「四十五歳の主婦ですけど、長男の結婚のことでご相談したいんですけど」

年は三歳誤魔化(ごまか)しているが、間違いない。ラジオから聞こえてくるのは母親の声であった。

「長男が大変な女にひっかかって家を出てしまったんです」

「大変な女ってどんな相手なんですか」

「十二歳年上で、ご主人もお子さんもいる人です」

「おおっ！」

叫び声を上げたのは中年の司会者ではなく、六十過ぎの女流作家であった。

「それで息子さんは本気で結婚なさるつもりなの」

「私もまさかと思ってたんですが本気です。いまその女と暮らしてます」

「まあ、いろいろ大変でしたねえ」

老女流作家は身内に対してでもこうは出来ないだろうと思われるほど、しみじみとした声を出す。

「その相手の女性とはお会いになったことはあるんですか」

「いいえ会いませんよ。とても会えるはずがないでしょうッ」

間違いない、電話の向こうにいるのは母親だ。興奮した時の語尾の上がり方も同じだった。

「私は息子からその話を聞いた時は、にわかには信じられなかったんです。いずれ別れてくれると思っていたんですけれど、今はもう一緒に暮らしているっていうから驚いてしまって……」

「それでね、奥さん、あの聞こえますか」

中年男は深刻そうに低い声を出しているのだが、どこかはずんだ調子で尋ねる。

「はい、ちゃんと聞いてます」

「相手の女性っていうのは、ちゃんと離婚なさったんですか」

「確か、もう……。ご主人と娘さんをさっさと捨ててきたっていうもんですから、私はもう驚いて驚いて」

「だったらもう問題ないじゃない」

女流作家は突然、蓮っ葉な若やいだ声になった。

「あのね、私もね、三十年前に亭主と子どもを捨ててね、今の亭主と一緒になったんですよ。だから人のことはあれこれ言えないけどねぇ……」

「そうです、そうです。先生も同じような体験をなさってたんですよねえ」

男が感に堪えぬように言った。女流作家はそうよと応える。

「もうねぇ、息子さんとその女性ははっきり意志を固めてますよ。こういう時に親ががたがた言っても駄目」

「そうでしょうか」

「あのね、息子さんには息子さんの人生があって、親はもう口を挟めないんですよ。口惜しいけど親ってそういうものなんですよ」

「……」

ラジオから房枝の無念さが伝わってくるようだ。気がつくと忠紘はびっしょりと脇の下に冷や汗をかいていた。驚きと羞恥とで体が震えている。

「お客さん、三丁目の交差点ですよ。右ですか、左に曲がるんですか」

そのくせ、しゃっくりのように湧き上がるこの奇妙な快感は何なのだろうか。この声は自分の母親なのだ。なんと自分の母親はラジオに出演して、その声は全国に流れているのだ。その快感の正体をやっとつきとめた。それはまぎれもなく晴れがましさというものなのである。

「運転手さん」

彼はいった。

「これ。僕のお袋なんですよ」

ラジオを聞いた次の日、忠紘は久しぶりで実家を訪ねた。幸いなことに房枝は留守で、保文がひとり新聞を読んでいた。

彼は久しぶりに見る息子を眼鏡ごしにじろりと見て「よう」とひと声だけかけた。保文は女と駆け落ちというものを仕出かした息子に対して、ひどく照れているのだった。

茶を淹れようとして台所に入った忠紘は、そこで面妖なものを見た。ぴかぴか光る薬罐とフライパンががらんと片づいた台所でひどく目立つ。フライパンは大中小とり混ぜて全部で四つもあった。銅製のそれはプロの厨房で見るような立派なものだ。

「ねえ、ねえ、あのフライパンどうしたのさ」

「母さんがな、このあいだ通信販売で買ったんだ。料理もあんまりしないのに、どうして十何万もするようなものがいるのかさっぱりわからんが、とにかくあれを朝晩磨いてる。俺が夜中に飲んで帰っても磨いてる。どうやら使うよりも磨く方が楽しいようだな」

忠紘は薬罐にそっと触れた。すると白い指紋の跡がつき、それは少しずつ薄れていく。まるで今買ってきたばかりのような銅製の薬罐だ。取っ手のところにも汚れひとつない。本当に房枝は朝晩一心不乱に磨いているに違いなかった。忠紘は母の怒りと執着とを見たような気がしてぞっと背筋が寒くなった。昨日聞いたラジオの人生相談のことをなじろうと来たのだが、とてもそんな気分ではない。そそくさと忠紘は家をあとにし、それが後に房枝をますます意固地にさせる原因となったものだ。

けれどもそんな遠い日の思い出を今の幸子に言うことはないだろう。幸子は傷つき、腹を立てるに違いなかった。

「僕もよくわからないけどさあ」

忠紘はこういう時、鈍感な年下の夫のふりをよくする。少し口をとがらせて考え込む表情をつくるのだ。

「年とってからやたら潔癖になる女の人ってよくいるらしいよ。子どもが巣立っちゃって何の生き甲斐もなくなっちゃうから、へんに綺麗好きになるんだって」

「だけどお義母さんはお店があるじゃないの」

しかし幸子は夫がそうした表情になると、やたらむきになって攻撃してくるのが常だ。

「お義母さんはやり手で有名なんでしょう。帳簿づけもちゃんと自分でやるし、お客さんにだけは愛想もいいって聞くよ。だから生き甲斐がなくなったなんて、息子のあんたの美し過ぎる解釈だよ」

そして芝居のようにきっと見得をきり、言い放った。

「単に性格が悪いの。そうでなきゃ誰が孫をあんなに汚ながるもんか」

捨てゼリフのような言葉を吐いて、幸子は階下へ降りていった。やがて掃除機の音が聞こえ始める。世の中の夫というものがたいていそうであるように、忠紘もこの音が大嫌いだった。これをかけている時の妻はいつも腹立たしげで、せかせかしているように見える。二階からでもよく聞こえるのだ。

忠紘はスピーカーのボリュームを少し上げた。地味な存在ではあるが、高音部が素晴らしく伸びるイタリアのテノール歌手のCDだ。そして子どもががさがさと菓子の袋を開けるように、昨日買ってきた新刊書の包みを破いた。気に入りの音楽と本。忠紘のまさに至福の時である。が、最近彼はこれを心から楽しむことが出来ない。妻と看病を替わってやらねばという心と戦うからである。

「いいよ、いいよ。おばあちゃんもこの頃やっと私になついてくれてさ、体拭かせてくれるもの。私がやるよ」

　という幸子の言葉を何度も反すうしては、それをすべての言いわけにする。祖父母のところへは後でちょっと顔を出せばいいだろう。せっかくの休日なのだ。それに自分も他の亭主族と較べてはるかに協力態勢をとっている。今日の昼食は自分で適当に済ませるから気にしないようにと妻に言い、洗濯も子どもの連絡ノートも書いておくと約束した。そのささやかな見返りとして、一、二時間ＣＤを聞き、買ってきたばかりの本を読むことぐらい何だろうか。

　だが手にした最近話題のノンフィクションは読んでいて少しも面白くなかった。文字を追ううちに次第に瞼が重くなってくる。いつのまにか忠紘は眠っていたらしい。窓から射し込む光は、まだ初夏ともいえない季節独得のやわらかさで、彼の膝のあたりを包む。心地よさで、ぐっすりと寝入ってしまった。目が覚めると、陽がかすかに翳っていて窓からの雲の位置も違う。

　あわてて忠紘が半身起こしたのと、玄関の戸が開く音がしたのとは同時だった。続けて手拍子のような階段を上がる音がする。幸子の足音だ。襖をがらりと開ける。忠紘は大層あわてた。何も見られて困るようなことをしているわけではないが、やはり昼寝の現場を目撃されたくはなかった。

しかし襖を開けた幸子は忠紘を見ない。彼女の目はまっすぐに押入れに向けられていた。つかつかと歩くと、襖と同じ力強さで手をかけた。しゃがみ込んだかと思うと頭をつっ込む。妻のストレッチ素材のパンツの尻が左右に揺れるのを忠紘は呆然として眺めた。

「おい、いったいどうしたんだ」

「写真を探してるのよ」

押入れの奥深く顔をつっこんでいるため、幸子はくぐもった声で答えた。

「ねえ、ねえ、私たちの結婚の時の写真、確かアルバムに貼ってあるよねえ」

まだ封を解いていないダンボールを開けようと、幸子の尻が今度は上下に揺れた。

「僕の本の箱の中に入ってるかもしれないけど、もしかするとアルバムは船橋じゃないかなあ」

「ええ！　そんなあ」

幸子は首を押入れから出し、四つんばいのままぬっとこちらに顔を向けた。鼻の頭のてっぺんに汗の粒が見える。

「写真がないとわかんないじゃないの。困ったなあ……」

「いったい、どうしたんだよ。帰ってくるなり押入れに突進して、写真、写真ってわめくなんて」

「それがねえ……」

口を寄せるようにする。

「見ちゃったのよ、幽霊」

「ええっ」

「幽霊かどうかわかんないけどさ、いるはずもない人がいたのよ」

声を潜めて幸子が語る話とはこうだ。掃除を終えた後、幸子はバスに乗って隣り町のスーパーに出かけた。いろいろチラシを見比べて検討した結果、その店がいちばん安いことがわかった。おまけに帰りは高一郎夫婦の家まで歩いて戻れる。

「最初にバスに乗れば、駅前のスーパーからお祖母(ばあ)ちゃんちへ行くよりずっと近いの。だからこの頃はあっちの店で買い物して、それからお祖母ちゃんちへ行くようにしているのよ」

そこの鮮魚売場で、淑子の次女、弥生を見たというのだ。

「それ、見間違いじゃないのか。ほら、五十過ぎたおばさんって、どてっとしてみんな同じに見えるじゃないか」

「それがさ、私があれーって感じで立ち止まったらさ、相手はしまったっていう感じで、さあって行っちゃったんだ」

「間違いだと思うなあ。だって弥生叔母さんは大阪へ行ってて当分帰ってこないんだぜ」

「でもさ、確かに弥生叔母さんだと思うよ。ねえ、ねえ、叔母さんのうちってどこにあるのよ」

「十年ぐらい前までは埼玉の社宅に住んでたけどなあ。今はどこだろうなあ」

幸子とやや変わった結婚をして以来、忠紘はすっかり親戚たちと疎遠になっている。そうでなくても母親の房枝は彼らときめ細かいつき合いをしてこなかった。祖母がどこに住んでいるのか忠紘はとっさに答えられないのだが、それはよく幸了の軽蔑を買う。

「あんたのうちって、昔は名門だった、金持ちだったたって威張ってるわりには、本当につまんない人たちだよねえ。親戚同士ちっとも仲よくないんだからさ」

出生の関係上、父方の一族とはつき合いがあるはずはないが、その代わり母方の親戚とはそれこそ姉妹のようにつき合ってきたんだよと幸子は胸を張った。

「従兄姉会っていうのをつくってさ、集まっちゃしょっちゅう宴会たい」

突然博多弁になる。

「従兄姉っていうのはよかよ。よく〝遠くの親より近くのいい人〟っていうだろ」

こんな時も諺を間違えるのだが本人は気づいていない。

「私らは近くに住んでて、いい人で、親戚だったんだから最高だったよね。いざっていう時は頼りになるし、愚痴でも何でも洗いざらい言える。あんたのうちみたいにね、叔母さんがどこに住んでいるか知らないなんて、わたしゃもうびっくりして、びっくりして、口ぽかんだよ」

こういう時、幸子はおそろしいほどの早口になるのだ。

「なんていうのかさ、血の繋がった人を大切にしようなんて気がまるっきりないのさ。私は違うよ。私は弥生叔母さん、披露宴の時に一回会っただけだけどさ、ちゃんと顔憶えてるもん。あんたなんかきっと忘れてるだろうけどさ」

「馬鹿言えよ。あの弥生叔母さん、子どもの時はわりあい僕のこと可愛がってくれてさ、デパートへ連れていってくれたり、お年玉もはずんでくれた。だから顔を忘れるはずないじゃないか。お前、絶対に見間違いだよ。叔母さんは大阪に居るんだからさ」

「いや、絶対に間違いないね。私は目は自慢なのよ。あの時よりはもちろん老けてたけどさ、あの人は弥生叔母さんだよ。お祖母ちゃんによく似てる人、っていう印象があったから、私よおく憶えてるもん。ねえ、この家にあの叔母さんが写っているアルバムはないの」

「アルバムねぇ……」

また幸子に嫌味を言われそうだ。房枝が写真を撮るのも撮られるのも嫌いだったから大層数が少ない。それに房枝がたいーして仲よくもない、めったに家に来ることもない小姑の写真を保管しているだろうか。

「昔の娘時代の写真だったら、お祖母ちゃんの家にあるよ。後で見てきたらどう」

「いやあ、あの家はね年寄りがものをいろいろ積み重ねているから、アルバムを取り出すなんてひと苦労だよ。それに今すぐ私、確かめたいんだからさあ。さあ、って思うと我慢出来ない私の性格、知ってるでしょう」

「うん」

忠紘は弱々しく答えた。

二人で階下へ降り、居間の引き戸を開けた。

「見て、見て。こういうのって〝潔癖性の汚ない好き〟っていうんだよ」

　幸子が勝ち誇ったような声を上げる。あれほど綺麗好きの房枝なのに、戸棚や押入れの中は意外なほど片づいていない。今にも崩れ落ちそうなほど空き箱が積み重なり、貰いものはタオルやティッシュペーパーの類もいいかげんに詰め込まれている。

「ねえ、だからわたしゃ〝フサエ神経質説〟は眉唾もんだと前から言ってるだろ。あの人はね、目に見えるところはあれこれうるさいことを言うけれど、見えないところはね全然構わないんだからさ。子どもが汚なくて背筋が寒くなるなんてさ、よく言うよねえ」

　そう言いながら古い雑誌の間から、幸子は二冊のアルバムを見つけ出した。サービス品らしく表紙に生命保険会社の名が刻まれている。開けると、ロブスターを片手ににっこりと笑う保文の写真が、まず目に飛び込んできた。おととし町内の有志で出かけた香港旅行のものらしい。レストランでまだ生きているロブスターを運んできたのだろう。同じ場所で撮った写真が二ページ続いた後、洋の七五三の時のスナップが唐突に貼られていた。彼が五歳を祝った時のものだ。

「へえ！　やっぱり孫は可愛いのかねえ。だけどちょっと貼り方がいいかげんだよ。ほら、左右対称じゃないもんね」

「そこまでケチつけんなよ。お袋はさ　お前みたいにアルバムに、イラストや文章をつけるタイプじゃないんだから」

「そりゃそうだけどさ、あの時のこと思い出しちゃうよ。この洋服さ、うちの伯母さんが送ってくれたんだよ。あの人、身内のことにゃ張り込むからさ、博多のデパートでミキハウス買ってくれたんだよ。ミキハウス！」

幸子は高級子ども服のブランド名を高らかに叫んだ。

「それなのにさ、お義母(かあ)さんはお祝いひとつ包んでくれなかったんだよ。そりゃあ、わたしゃ憎い嫁かも知れないけどさ、初孫の七五三にも知らん顔だった。だけどさ、私はちゃんと写真を撮って手紙を書いて送ってやったんだよ。全くさあ、私ぐらいいい嫁はいないよ、もうすごいよ、表彰もんだよ」

幸子の恨みごとと自画自賛は永遠に続くかと思われたが、幸運なことにその時忠紘はついに叔母の弥生の写真を見つけ出した。

「これこれ。僕も出た叔母さんの葬式の時のやつ」

菊池家の長女は突然のクモ膜下出血でこの世を去っている。葬儀の後墓のまわりに集まった人々は十人いた。死んだ叔母の大と長男の他に、四年前のことでまだ元気な淑子と高一郎、長男の保文、房枝夫婦。そして次女の弥生夫婦……。

「ほら、これがお前が見間違えた弥生叔母さんだ」

中年を過ぎると、多少の器量のよさがマイナスに働く女がいるが、弥生はまさしくその種類の女だった。若い頃は淑子によく似てなかなか綺麗な娘だったというが、年をとってからはその高い鼻や薄い唇が意地悪げにとり残されているという感じだ。髪が少なく、ぺったりと額のあたりにはりついているのもとても老けてみえる。

「間違いないよ」

幸子は大きな声をあげた。

「女なのにハゲっぽい頭で、私それでよく憶えてたんだもん。私は断言するね。あのスーパーで見た女は弥生叔母さんだ」

「ちょっと待てよ」

忠紘はすっかり混乱していた。幸子はまるで犯罪人を見つけたような言い方だが、よく考えるとごく単純な話かもしれない。

「あのさ、もしそうだとしても大阪に行ってるんだけどさ、ちょっと用事があってこっちにたまたま帰ってきたっていうことも考えられるよな」

「それだったらさ、お祖母ちゃんのとこへ顔を見せないはずないでしょう。それにさ、私を見て、しまった、っていうか、いけない、っていうか、すごく困った顔をして逃げちゃったんだよ」

「逃げちゃったなんて、大げさな……」

「ホント、それまで試食のおばさんが差し出すオランダチーズなんかつまんでたのにさ、私を見てようじ持ったまま、すたこら行っちゃうんだよ」

「そりゃさ、ヘンなおばさんがじっと見てたら、誰だってビビっちゃうよ」

「ヘンなおばさんとは何よ」

　幸子は本気で睨んだ。

「ホントにあの人は逃げたんだよ。そもそもさ、おかしいよ、今度のこと。私はね、前々から、なんかヘンだ、なんか裏があるってずうっと思ってたんだよ」

　幸子は謎をとく探偵のように顎を親指と人さし指でつまんだ。ふうむ、ふうむと何度もうなる。

「私さ、お祖母ちゃんから弥生叔母さんのことを一度も聞かないんだよ。話をしてもいつもそらそうとする。そいで叔母さんから電話一本こなけりゃ手紙もない。だって実の娘だよ。実の娘が母親のところに連絡してこないなんてヘンだよ、おかしいよ」

　確かにそうだ。看病をする幸子に対してねぎらいの言葉もなければ、様子を尋ねる電話もこない。忠紘の知っている限り、淑子と弥生というのは、ごくノーマルな母娘であった。いくら夫の赴任先に行っているといっても、この一カ月の間に一度も帰ってこないというのは不自然極まりない。

「それにね、弥生叔母さんのすぐ下に友文叔父さんがいるだろう。奥さんの正美叔母さんっていうのが、お祖母ちゃんとあんまりうまくいかないっていう……」

　忠紘は最近つくづく思うのであるが、こと係累関係に関して、男と女の頭の構造は違うのではないだろうか。血の繋がった身内でも、ああだった、こうなっていたと頭の中で整理しなければならないのが男だ。それに対して女は稼いだその日から、煩雑な人間関係がすべて諳んじられる。親密度、エピソードまで嬉々として憶える。そもそも世話好きで好奇心の強い幸子などは、とうてい忠紘の敵う相手ではなかった。

「私さ、友文叔父さんのことも前からひっかかっていたんだ。だって友文叔父さんっていうのは、末っ子でちょっと男前で、お祖母ちゃんがいちばん可愛がっていたんでしょ。その息子からも一本も電話がかかってこないんだよ。こんなことってある？」

「お前が帰った後、夜、電話があるとかさ」

「そんな気配はないよね。あるとしたらさ、お祖母ちゃんから聞いてると思う。何よりさ、本人が顔を出していないんだよ。弥生叔母さんみたいに大阪に住んでいるわけでもないのにさ」

ここで幸子は皮肉な笑いを浮かべた。彼女が得意の唇をきゅっと上げる笑い方だ。これを見ると忠紘は大層困惑しとまどう。どうしていいのかわからないほどだ。それに困ったことにこの笑いをうかべる時、妻はいちばん綺麗に見えるのである。

「どういうことか、一度親父かお袋に聞いてみるよ」

「そんなの無駄だよ。お義母さんたちが本当のことを話すもんか」

幸子の唇が今度はいっきにぐいと曲がる。

「今さ、あの人たちの頭を占めてるのはさ、私たちをうまく使おうっていうことだけだもの」

「おい、おい、そんな言い方はよせよ」

「だって本当のことだもの。いったい誰かさ、年寄りの下のめんどうを看るっていうのよ。今日びさ、家政婦さん頼もうと思ったら一日二万円はかかるんだよ。それをさ、お人好しの私たちは引き受けてるんだもの。出来るだけ長くおだてて使おうと思うのは当然よ」

「待てよ、僕の親だぜ」

「あのね、老人問題に親も子もないの。そういう関係も崩壊してしまうのが現代の老人問題だって、このあいだテレビでえらい先生が言っていたよ」

幸子はもう一度アルバムの写真に目を落とす。葬式の日の写真、黒い服を着た人々……。

「とにかく私は真実を知りたいのよ」

おそらく幸子はミステリーを読んでいる最中だと忠紘は思った。

その夜、久美子はいつもどおり七時過ぎに帰ってきた。製薬会社の総務部に勤めている彼女は、残業することもなければ夜遊びとも無縁だ。それを忠紘は不況のせいだと思っていたのであるが、本人は即座に否定した。

「違うわよ、年のせいよ」

二十八歳ともなれば何かにつけて疲れやすくなってくる。仕事も適当にするすべを覚えるが、同時に夜の集まりからも足が遠のいた。カラオケや飲み会も私みたいなのは遠慮しなくてはならないのよと久美子は言う。若い女の子たちは何かと遠慮がちになるし、のびのびと歌も歌えない。男たちにしても年増(としま)の女がいるとやりにくいでしょうという妹の口調が、あまりにも投げやりなので忠紘は驚いたものだ。

「全くあいつ、いったい何を考えてるんだろうな」

幸子に言うと、これまたきっぱりした答えが返ってきた。

「何も考えてないのよ。だからつらいんじゃない。私だって憶えがあるよ。あのね、女の三十前ってすっごく大変なの。それを乗り越えるとまたラクになるからさ。しばらくほっておいたら」

昔の久美子はこんなではなかった。彼女はほどほどの利発さと、ほどほどの容姿を持つ少女であったが、平凡というには少し違う雰囲気が漂っていた。ここぞという時に、やたら馬力を出すのだ。おそらく負けず嫌いな性格は母親譲りだったのだろう。大学入試の時に一念発起して、実力以上の女子大に合格した。あの時は顔全体がきらきらと光っていて、兄の忠紘でさえほうっと見入ったものだ。

当時まわりの誰からともなく、

「久美子ちゃんは大学生になったら、ものすごい美人になるんじゃないか」

という声があがったのも、そのキラキラが原因である。ひょっとしたら、このままうまくいけばかなりの逆転というものがあるかもしれぬと忠紘も期待した。が、同じ年就職した忠紘は赴任地の博多へと向かった。そして土産代わりに幸子という女と、多くの揉め事を持って帰ってきた時だ。

久し振りに会った久美子の印象は、

「あ、こいつ、道を間違えたな」

というものであった。忠紘は学生時代、そういう女をよく見てきたものだ。十八、十九の女というのはいくらでも変わることが出来る。おしゃれで美人の友人を持ち、自分でも努力してさまざまなものを吸収していけば、それこそ半年で見違えるようになる。けれども頑さを友にし始めたらいっぺんに駄目だ。案の定久美子は、ボーイフレンドを持つこともなく、同じような類の女たちと地味な学生生活をおくっていたらしい。

そしてＯＬになって久美子はかなりマシになった。あたり前だ。どんな女だってスーツを着、マニキュアをして都心の大企業に通えば垢ぬけて綺麗になっていく。

忠紘は幸子とのことがあり、実家に足を向けることがすっかり少なくなったが、それでもたまに会う妹が、女らしいふくよかさを身につけていくのはわかった。

しかしそれもつかの間の夢というものだったらしい。華やかなＯＬ時代は三年と続かず、今の久美子はくすんだハイミスへの最短距離を歩いている。

ついに美人という尊称をもらうこともなかったが、久美子は白いきめ細かい肌を持っている。それと白目が綺麗な切れ長の目は、時々眠そうなまなざしをする時があり、忠紘は多少苛立った気分になるのだ。ちょっとやり方を変えれば「男好きのする顔」と言われることも出来ただろう。それなのに、久美子の不機嫌そうな様子と、無気力な動作とがすべてを台無しにしている。

久美子は家に帰ると兄嫁のつくってくれた夕食を黙々と食べ、そして自分の分だけの食器を洗う。そしてすぐに自室へ上がって、専用のテレビやオーディオを聞くのだ。この間、小さな甥や姪をからかったり、一緒に遊んだりすることもない。

二十八歳だというのに久美子は既に〝老嬢〟の風格を身につけていて、忠紘は声をかけるのさえはばかられるほどなのである。しかし今夜はそんなことも言っていられなかった。

金曜日の夜は、遅くなっても客足が途絶えないということで、保文と房枝は駅前の店を九時過ぎまで開けておく。だから久美子からいろいろなことを聞き出そうとするなら今しかなかった。

忠紘は妹の部屋のドアをノックする。ドアの前には「KUMIKOS' ROOM」と記された木彫りのプレートがかかっている。この気恥ずかしいしろものは、昔誰かが箱根土産に買ってきてくれたものだ。彼女が高校生の時からかかっている。

「誰？」

鋭い声がとんだ。誰か聞くまでもないだろう。こんな狭い家で、この時間ノックするのは自分しかいないだろうと忠紘は腹立たしい思いになる。しかしやさしい声を出した。

「あのさ、お茶を淹れたから一緒に飲まないか」

「いい、いまドラマ見てるから。これ一回でも見過ごすとわからなくなるの」

「テレビだったら下でも見られるよ。幸子がさ、マドレーヌ焼いたんだ。すっごくうまいぜ、一緒に紅茶飲もうよ」

まるで三匹の子豚を襲う狼の心境である。とにかく久美子がドアを開けてくれなくては困るのだ。

「何よ、本当に、もう」

ドアが内側から開かれて、てらてらと光った肌の久美子が顔を出した。おそらくクリームでもたっぷりなすりつけたのだろう。眉のあたりも油分で濡れている。着ているものはピンク色のトレーナーだ。これもどこかの土産物に違いない。小熊がスキーをしている絵が真中に描かれている。

幸子もそうだが、どうして女はある程度の年齢になるとトレーナーを好むのだろうかと忠紘は考える。それも高校生が着るようなものではなく、いかにも手軽なしゃれっ気のないものを部屋着として愛用するのだ。幸子にしても久美子にしてもやわらかいブラウスを家で着るのを見たことがない。

化粧を落としたままでトレーナーを着ると、どんな女でも〝ずんぐり〟という感じになる。久美子は決して太った女ではないが、それでもピンクのトレーナーは、忠紘を圧迫するようなかさ高さがあった。

「私、夜の八時過ぎに絶対甘いものなんか食べない。だから気を使ってくれなくてもいいのよ」

「じゃ、マドレーヌはいいから紅茶だけでも飲もうよ。たまにはいいじゃないか」

久美子は忠紘と一緒にしぶしぶと階段を降りた。ダイニングテーブルの前には、これまたオレンジ色のトレーナーを着た幸子が立っている。

「ねえ、久美ちゃんはミルクティーにする。それともレモンティーにする」

久美子の目がすばやく上下に動く。おそらくどちらの方がカロリーが少ないか思案したのだろう。

「レモンティー、お願いします」

「はい、はい」

幸子は小さなバラ模様の茶碗に湯を注ぎ、それをこぼす。茶碗を温めているのだが、それはしばしば姑の苛立ちの原因になっているのだ。

「幸子さんって、どうしてあんなにまだるっこしい、気取ったことをするのかしら」

房枝は嫁が留守の時に、ため息と共に言ったものだ。大きなため息と共に嫁の愚痴をこぼすのは、悪口ととられないために最近彼女が考え出した手段であるらしい。この後、悲しげに首を振ると、理解しようと努力しているのだが、どうしても嫁の行為がわからないという気弱な姑になる。

「忙しい時にわざわざ茶碗にお湯を入れてこぼすなんて、お湯ももったいないけど時間ももったいないわ」

しかしもちろんのこと、幸子の方にも言い分がある。

「ポットのお湯を入れてこぼすなんて三十秒もかからないじゃないの。ちょっとしたことでお茶がおいしくなるのに、味オンチの人にはわからないのね」

幸子に言わせると、菊池家の食器の状態はとても信じられないことばかりだそうだ。

「だってコーヒー茶碗しかないんだよ。コーヒーも紅茶も同じもので飲むんだから、私はびっくりしちゃったよ」

このバラ模様の紅茶茶碗は、何年か前に幼稚園のバザーで安く買ったものだ。幸子は大切に食器棚に飾っていたのだが、

「コーヒー茶碗で紅茶飲むのに耐えられなくて」

先月船橋からわざわざ運んできた。しかし房枝は意地になって絶対にこの茶碗を使おうとはしない。彼女にとって幸子の食へのこだわりは、芝居じみていて分不相応の

ものに見えるらしいのだ。

そんな母と兄嫁の葛藤を知ってか知らずか、久美子はいかにも不味そうに紅茶をすする。ちなみに彼女が食べ物を咀嚼する時、気乗りしないように口を動かすのは房枝からの遺伝だ。料理ベタは例外なくこの性癖を持っているようである。

けれども久美子は若いだけあって、うまいものは決して嫌いではない。夜食べると太ると文句を言いながら、兄嫁の焼いたマドレーヌをつまみ始めた。家で菓子を焼くなどというのは、この菊池家にとってはそれこそ奇跡に近い行為だ。

「これ、お義姉さんが本当に焼いたの？　お店で買ってきてチンしたんじゃないの」

などと菓子を裏返したりする。

「ねえ、久美子。お前、最近お祖母ちゃんとこへ行ったか」

「行ってない。だって忙しいんだもん」

「忙しいっていったって、毎晩自分の部屋でテレビドラマを見る暇はあるだろう。それなのに歩いてすぐのお祖母ちゃんちへどうして見舞いに行けないんだよ」

ダイニングテーブルの下で、幸子の足が忠紘の足を強く蹴った。つまらぬ方向に話を持っていって、久美子を怒らすなという合図なのだ。

「ねえ、ねえ。僕たちもこの家に戻ってきたことだし、弥生叔母さんや友文叔父さんにちょっと挨拶したいと思うんだけど」

その調子、その調子と、幸子が向こう側で頷く。

「お祖母ちゃんも元気でやってますっていう手紙か電話をしたいんだ」

「関係ないんじゃない」

なんと四つめのマドレーヌを頬張りながら久美子は言った。

「だってうちのお母さん、叔母さん、叔父さんたちとあんまりつき合いがないじゃない。仲がいいっていうわけでもないしさ。うちはね、親戚づき合いが苦手なうちなんだから、そういうことは無理してしなくてもいいんじゃないの」

おい、おい、そりゃあないだろうと忠紘は思わず前かがみになる。

「親戚づき合いは苦手、無視してもいい、なんて言うのはだな、年寄りや病人がいなかったり、皆がまだ若くて元気なうちだから言うことだよ。現にさ、僕たちはお祖父ちゃんとお祖母ちゃんのめんどうを見ているわけだしさ」

「お兄ちゃんたち、お人好し過ぎるのよ」

久美子は頬にマドレーヌを含ませたまま、ごくりと紅茶を飲み込んだ。

「皆から意地悪されてきたのに、ハーイ、ハーイって手を挙げてお祖母ちゃんちへ行くなんてさ」

「ねえ、ちょっと久美ちゃん」

幸子の表情が変わっている。義妹のあまりにもの無責任な様子にどうやら意を決したらしい。

「久美ちゃんも知ってのとおり、私たちは結婚に反対されてて、十年間っていうものこの家にほとんど出入りしてなかったでしょう。だからいろんなことを教えて欲しいのよ」

「いろんなことってどういうこと」

「弥生叔母さんや友文叔父さんとこの家、どうなっているかっていうことよ」

「そんなこと、私、知らないわよ」

ふて腐れたように横を向いたが、小鼻が左右に動いている。彼女は嘘を隠そうとすると昔からこんな風に鼻が動くのだ。

「お父さんやお母さんが、叔母さんたちの噂してるのなんか聞いたことがないもの」

「じゃあさ、弥生叔母さんがどこに居るのかを教えてよ」

幸子がきっぱりと言う。普通は大層早口の女だが、絶対に相手を服従させようとするとゆっくりと節をつけるように言う。それはとても迫力があり、久美子でさえ鼻と一緒に肩をぴくりと動かした。

「だからさあ、旦那さんの転勤で大阪へ行ってるんでしょう……」

「その大阪の住所は」

「私、知らない。知ってるはずがないじゃない」

「変わったうちだねぇー」

　幸子はありったけの軽蔑を込めて叫んだ。

「このうちは年寄りを抱えてんだよ。それも寝たきりのよ。お祖母ちゃんにもしものことがあったらどうするのよ。私は親を送ったことがあるからわかるけど、あの時は大変な騒ぎなんだよ。すぐそこらに電話して身内を呼び寄せなきゃならない。それなのに叔母さんの電話番号も知らないなんて、いったいどうする気なの」

「もし……そんなことがあったら……お母さんが連絡するんじゃないのォ……」

「その〝お母さん〟が、あんな風に親戚大嫌いって人だったら、長女のあんたがするしかないでしょう。もしお義父さんやお義母さんが病院へ行ってて、久美ちゃんが連絡をって言われたらどうするつもり」

「まあ、まあ、仮定の話はひとまずやめておこうよ」

　なだめようとする忠紘を、幸子はきっと睨みつけた。

「どこが仮定なのよ。現実にいつ起こったって不思議じゃない話をしているのよ」

幸子にこれ以上喋らせたら不味い。おそらく祖母の看護の問題にまで波及し、何ひとつ手伝わない久美子に対して怒りがぶつけられるかもしれなかった。

「なあ、久美子、大阪の叔母さんから年賀状とか来たことはないか」

「知らない。来たとしても、私、興味がないから見ないもん」

「じゃあな、お前、弥生叔母さんの東京の住所は知ってるだろう。僕はさ、昔、社宅に住んでいた時のしか知らないんだ。あの後、建てたとか、買ったとか聞いたことがあるんだけど。いくらつき合いがないからって、叔母さんが東京のどのあたりに住んでいたぐらいはわかるだろう」

「確かねえ、何年か前にマンションを買ったわよ」

「だからさ、どこに買ったのよ」

今度は幸子の足の先を忠紘が蹴飛ばす番だ。もう少し穏やかに聞けと合図した。

「えーとねぇ……、すずめケ丘の方だったんじゃないかしら」

「すずめケ丘だって！」

幸子は大きな声をあげる。

「それって隣り町じゃないの。ここからバスで行ける。あのスーパーの近くだよ。やっぱりそうだ。スーパーで会ったのは弥生叔母さんだったんだよ」

「そう興奮するなよ」

忠紘は妻を制したが、あまり効果はなかった。

「そうだよ。間違いないよ。あの女の人はやっぱり弥生叔母さんだったんだ。そうでなきゃ、私を見てあんなにこそこそ逃げるはずないものねえ」

「逃げるっていうのは言い過ぎだってば」

「いや、逃げたんだ」

ちょっと久美ちゃんと、幸子は義妹の方に向き直った。

「ねえ、弥生叔母さんっていう人が、大阪に行ってるなんて嘘なんでしょう。叔母さんは東京に居るんでしょう」

「私、知らない」

久美子は立ち上がった。小鼻は相変わらずピクピクと呼吸している。

「私は嫌いだからさ、家のどうのこうのっていうの聞かないのよ。いっさい聞かないの。わかるでしょう。だから二階へすぐ上がっちゃうのよ。私が知ってるのはね、叔母さんがすずめケ丘に住んでる、今もね。ただそれだけよ」

居間に忠紘と幸子はとり残された。テレビからはニュース番組が流れている。少し年増(としま)の女性キャスターが、また汚職が発覚したと重々しく語り始めた。

堪まりかねて、最初に沈黙を破ったのは忠紘の方だ。

「どうする？……」

「どうするも、こうするもないでしょう」

幸子の目が吊り上がっている。

「明日でもすずめケ丘へ行って弥生叔母さんと会うに決まってるでしょう」

「だからさあ、何かの誤解でさ、叔母さんは本当に大阪へ行ってて、帰ってきたばかりかもしれないよ」

「冗談じゃないよ。もしさ、大阪へ行って戻ってきたらさ、私に挨拶に来るのが本当でしょう」

忠紘でなければ聞き取れないほどの早口になるのは、幸子が猛烈に怒っている証拠である。

「大阪のさ、雷おこし、いや、あれは東京か、大阪おこしでも大阪しぐれでも手土産に持ってきてさ、本当に幸子さんありがとう、血も繋がってないあなたが私の実の母親の下の世話までしてくださったんですって、本当にありがとう。これからは私がめんどうをみますけど、このご恩は絶対に忘れませんわ、っていうのが本当だろ。それなのにあの人は来やしない。東京に住んでんだよ。だから土産を持ってこれるはずないよね。大阪なんて嘘っぱちなんだから。隣り町に住んでてそれなのに顔を見せない。スーパーで会うとこそこそ逃げる。ああ、もうわたしゃ信じられないよ。こんな話聞いたことないよ。わたしゃもう嫌だよ」

「おい、おい、静かにしろよ。洋たちが起きちゃうじゃないか」

「ああ口惜しい。洋があと七つ年をくってたら、母親のこの無念さを伝えられるのにさ。ああ洋、母の仇をとっておくれよ」

　幸子はがんがんとテーブルを叩き始めたが、こんな風に芝居じみた言葉が出るようになればしめたものだ。幸子は腹立たしさが頂点に達し始めると、信じられないほどの早さでまくしたてるが、喋っているうちに発散されていく。本人がつくづく言うように、

「本当に損な性分」

　なのである。

　とにかく明日は〝遅出〟になっているから、出勤前に必ず二人ですずめケ丘へ行こう、そして弥生叔母さんから事情を聞こうと、忠紘はやっとのことで幸子を宥めた。

「ことの真相次第じゃ、私は絶対に許さないからね。本当にわたしゃ怒ってんだから」

「わかった、わかった」

「だけどさ」

突然幸子はすっとんきょうな声を上げた。

「あんたって、弥生叔母さんのすずめケ丘の住所、知ってんの」

「弥生叔母さんの住所ねえ……」

忠紘は深く考えるふりをする。即座に知らないと答えると幸子の怒りを買ってしまいそうだ。

「一〇四で聞いてみようか。すずめケ丘に住んでいることはわかっているんだから」

「馬鹿だね、番号案内はそれほど親切じゃないよ。こうなったら自力で探すしかないよ」

「自力で探すってどういうことさ」

「ここの家のアドレス帳を開けばいいことだろう」

「アドレス帳ねぇ……」

忠紘はあたりを見渡す。幸子に言わせると「見えないところは乱雑にしている」母の房枝であるが、見えるところは確かに片づいている。彼女は引出しや戸棚からものがはみ出しているのを何よりも嫌い、すべてのものがしかるべき場所に収納されているのだ。上に飾り物ひとつ置かずきちんと閉じられた小引出しや箪笥は、息子夫婦の手を拒否するかのようである。

「いくら親子だからって、勝手に引出しを開けるのはどうもなあ……」

「あんたさ、こういう時に急に個人主義を振りかざさないでよ。私なんか毎日人権を無視されて働かされているんだから」

「あのさ、お袋のことだからさ、引出しを開けたりしたらきっと気づくと思うよ」

「いいじゃないの。その時は耳かきを借りようとしたとか適当に言っときなさいよ」

「とんでもない。お袋の耳かきを勝手に使ったりしたら、僕は殺されちゃうよ」

忠紘は妻に耳かきにまつわる物語をした。房枝は異常なほど耳掃除が好きな女である。店から帰ってひと息つく時、気に入りのテレビ番組を見ている時、すぐに片手に耳かきを持ち動かし始める。その表情はうっとりとしていて、思春期の忠紘は見てはいけないものを見たような気分になったものだ。けれども息子の自分は母親から耳掃除をしてもらった記憶がない。房枝によると耳垢というのは遺伝が大きく影響しているという。母親の血をひけば白くて乾いたこざっぱりした耳垢なのだが、忠紘のそれは父親譲りのねっとりした茶色なのだそうだ。ある時からそれに気づいた房枝はぴったりと忠紘の耳に触れなくなった。

「だから僕は子どもの時から綿棒を使ってひとりで適当にしてたんだけど、ふっと気まぐれを起こしてお袋の耳かきを使ったんだ」

それに気づいた房枝は、耳かきを捨ててしまった。引出しを開けると今度はビニール袋に入った真新しい耳かきがあった。

「なんかさ意地になってまたそれを使ったんだ。そうしたら母親は耳かきを別のところに隠したんだ。僕は何だか腹立ってさ、それを探してまた使ったよ。そうしたら怖かったぜえ。本気で怒ったもんな。人のものを勝手に使うなんて最低だって」

「変わってるよねぇ、本当にあなたのお母さんって」

幸子はしんから呆れたようにため息をついた。

「耳かきなんて一家に一本、みんなで使うもんじゃないの……。あ、そういえばあんたも自分専用のを持ってるよね。前から勘づいてたけど薬局から綿棒のセットを時々買ってきてるもんね。ふうーん、あんたも何のかんの言いながら、お義母さんの潔癖症受け継いでいるのかもね」

「いやあ、耳かきに関しては多かれ少なかれ皆、そういうところがあるんじゃないかなあ……。まあ、僕の言いたいことはだな、お袋っていうのは引出しや戸棚を勝手に開けて中をひっかきまわすとだな、それこそ激怒するっていうこと」

「関係ないよオ、そんなの」

幸子の眉が再びきりりと上がる。

「わたしゃ家探しさせてもらいますよ。お義母さんが激怒しようと憤死しようと関係ないもん。こっちだってもう少しでおかしくなりそうだよ。わけのわからないことがいっぱい起こっているんだから……」

口をめいっぱい動かしながらも、幸子はせわしなく電話台の下の小引出しを開ける。

「そんなに気を使うことはないってば。ほら、お義母さん、ありきたりの場所にありきたりのものを置いてるじゃないの。アドレス帳みたいなものはね公共性を持たせるためにそうしてるのよ。なによ、全く、息子のくせにびくびくしちゃって。私はこういう時、正直言って情けなくなるよ。あんたが。えーと、弥生叔母さんの苗字は黒沢だったよね。だからKのところをめくって……あーら、らら」

幸子の突然の大声に忠紘はそれこそ五センチほど飛び上がった。もしかしたら房枝が帰ってきてひょいと顔を出したのかと思ったのだ。

「黒沢信彦、弥生って、これ、あの二人のことだよね。見て……」

幸子の差し出したアドレス帳のKの欄、上から二番目、弥生の名前の後は黒々と太いマジックがひかれているではないか。

「すっごい、これって憎悪以外の何ものでもないよね。住所を黒マジックで消しちゃうなんてねぇ」

「だからさぁ……、大阪転勤で住所変更に……」

「まだそんなこと言ってる！　それだったら書き足すとか、せいぜいボールペンで横線をひくぐらいだよ。ねえ、このうち、いったい何があったの。私たちが来なかったこの十年の間にさあ、大事件があったはずなんだけど。それはいったい何なのさ」

幸子は腕組みをしている。もちろん腹を立てているには立てているのであるが、こういう〝非常〟や〝謎〟というのも彼女が大いに好むものなのだ。

「それにしてもすごいよねえ、この執念……」

幸子はアドレス帳を手に取ってしみじみと眺める。

「いくら嫌いな親戚だからってさ、黒マジックで消すことはないよね。まあ、お義母さんらしいっていえば、お義母さんらしいけどさ。あ、ちょっと待って。これ、こうして光の角度で電話番号が見える。住所は読めないけど、電話番号はマジックの下のボールペンがちゃんとわかるよ。えーと、〇二……」

大きな声で読み上げた。忠紘はいささかげんなりした気分になる。

「わかったよ。僕がそこに電話すればいいんだろう。叔母さん元気ですか、とか何とか言えばいいんだろう」

「馬鹿だねえー、あんたは。いい、ことはものすごく複雑なんだよ。叔母さんは私の姿を見ると逃げちゃうし、お義母さんはこんな風にマジックで住所を消してるんだよ。とてもじゃないけどひと筋縄(すじなわ)でいくはずがないじゃないの。あの、叔母さん、僕だけどさぁ、元気ィ。今度さあ、遊びに行きたいんだァ……なんて糸電話みたいな会話は通用するはずないじゃないの」

　夫の口真似(くちまね)も幸子の得意とするところであった。一緒に棲(す)み始めた頃、彼女はよく忠紘をなじったものだ。

「あのさあ、お母さんの気持ちもわかるけどさあ、僕にもさあ、都合っていうかそういうもんがあるんだしさあ。だからさあ、別れろって言われても困るしさあ……ときたね。ああ、私はあんたの電話を聞いていると頭がおかしくなりそう。東京の男っていじいじしているのが多いけれど、あんたはそのチャンピオンだよ」

　今の幸子はなじる代わりに、さっさと受話器をとる。そして判明したばかりの電話番号を押し始めた。耳を受話器にあてている顔は真剣だ。そして指と口のかたちで「出た！」と合図した。

「おい、どうするつもりなんだ」

忠紘が必死で口の形だけで制すると、任してと胸を叩く。夫婦のパントマイムを続けながら、幸子は世にもやさしい声を出した。

「もしもしぃ、黒沢さんのお宅ですか」

ほら、やっぱり、そうよと、ワニのようにに横に拡がった口が頷く。

「あのォ、こんな夜分申しわけございません。こちら日の丸宅配便の事務所なんですけど、黒沢さんにお届け物があるんですが、先方さんが電話番号しか書いてないんですね。それでお届けするのが困ってしまって。ええ、すずめケ丘二丁目……。オカモトハイツですね。それから明日九時頃いらっしゃいますか。生ものなんでその時間にお届けしたいんです。お品ですか……。伊勢海老ですよ。まだ生きてる伊勢海老が五匹！」

忠紘は茫然と妻の電話を聞いていた。受話器を置いた幸子は、にっこりとしてこちらにVサインをおくる。

「やっぱり思ったとおりだね。叔母さんはちゃんと家に居たよ。伊勢海老って聞いたとたん、今から届けてくれないの、なんて言っちゃってさ。ああおかしい」

「お前って……、いつからこんな悪知恵か働くようになったんだよ」

「前の団地でさ、よくいたずら電話がかかってくるの。宅配便のものですけど、今から下着をお送りします。ついては間違えるといけないので奥さんのサイズ教えてくださいってさ。何度も同じ幼稚なやり口使うの。わたしゃ最後にはさ、ウエスト一メートルで、ヒップは一メートル、パンツはへその十センチ上まであるの、って怒鳴ったことあるんだけどさ。わたしゃ、転んでもタダじゃ起きないからね、ちゃんといたずら電話のやり口からヒントをもらったっていうわけ」

「だけど嘘がばれたらどうするんだよ。伊勢海老待っている叔母さんのところへ、お前と僕が行ったらどうなると思う」

「あのねえ、ちょっと頭を使ってよ」

幸子はリズムをつけた人さし指で相手をさす。彼女の好きな法廷もののドラマで、検事がよくやるあのポーズだ。自分の悪巧に彼女が次第にいきいきとしてきたことは間違いない。

「あのね、あの叔母さんに時間を与えちゃいけないの。そうでなくてもあんたの一族っていうのは悪知恵だけは発達してるから、いいように丸め込まれちゃう。きっと何のかんのって言いわけするわよ。だからさ、奇襲作戦をたてなきゃいけないのよ」

「奇襲作戦ねぇ……」

「そう不意うちをくらわして、本当のことを言ってもらうのよ。いい、明日の朝、私とちゃんとすずめケ丘へ行ってよね」

「冗談じゃないよ。僕は会社があるんだぜ」

「嘘ばっかり。明日は〝遅出〟の日だってさっき言ったじゃないの。九時にすずめケ丘へ行っても十分に間に合うわよ」

　本人の忠紘さえ時々間違えそうな複雑なローテーションなのであるが、幸子はコンピューターなみに勤務時間を把握しているのだ。忠紘はすっかり観念した。

「わかったよ。行くよ。だけど僕に宅配便の格好しろって言うわけじゃないだろうな」

「いいえ、帽子ぐらいは被ってもらいます。なんていうのは嘘で、そこまではしないわよ、チャイムを鳴らして相手が出たらちゃんと出るよ。こっちはスパイでも泥棒でもないんだから、開けた隙にドアに足を入れて……なんてことはしませんよ」

　気がつくと幸子はふざけて忠紘の足に足をからませている。やい、と怒鳴った。

「やい、忠紘」

　幸子は語気の荒さの中に甘えを籠める。

「あんた、明日ちゃんと行ってくれるんだろうね。男らしく戦ってくれるんだろうね」

「戦うかどうかはわからないけど、ちゃんと言うことは言います」

「愛する妻のために一生懸命やるね」

「やるってば」

幸子は器用に左足を忠紘の腿にからませ、ぎゅっと締めつける。これはもちろん痴話喧嘩というものだ。二人が一緒に暮らし始めた頃、幸子は毎夜のようにレスリングを仕掛けてきた。最初はふざけているのであるが、途中から本気になっていくのがわかる。

「私のこと離さないだろうね。私のこと本当に思っててくれるんだろうね」

「あっ、痛たた」

忠紘は悲鳴をあげながら甘美な歓びにひたったものだ。あの頃彼は二十三歳になったばかりで女性はほとんど知らなかった。そんな自分にこれほど強引に愛を請求する女が現れるとは驚きであった。

「お前は年上のすれっからし女に騙されているのだ」

と母の房枝に泣きながら言われたが、それがどうだと言うのだ。自分の人生において、首を絞めるようにしながら、

「愛してるかちゃんと答えろ」

と問い糾す女がもう二度と現れるとは思わなかった。まわりの友人を見渡してもわかる。忠紘は金持ちの子弟が通うことで有名な大学に通っていたが、彼らはごく手近なところから自分と釣り合った女を上手に選び出す。ただそれだけのことだ。

あの頃忠紘は多くの人々に、感嘆され、好奇の目を向けられた。いわば〝大恋愛〟にいちばん酔っていたのは忠紘自身かもしれない。

当時の残滓はところどころに残っていて、幸子はこれぞという時、「やい」と鼻を鳴らし、いつでもどこでも足をからめてくる。そんな時忠紘はとても嬉しい。そして気の弱い年下の夫の役を全うしようと、わざと大きな悲鳴をあげるのだ。

「明日ちゃんとすずめケ丘の叔母さんとこ行くね」

「行くとも」

「そして僕の愛する妻をどうするつもりだって言えるね」

「もちろん！　痛いよオ、離して」

忠紘は答えながら、このところずっと妻を抱いていないことに気づいた。狭いうちに同居しているのだ。最後にそんなことがあったのは隣りの部屋の久美子が社員旅行に出かけた先月のことだ。今夜はもう妹を気にすることなく大胆にふるまってみようかと、腰をぐいと上げ幸子の脇腹に押しつけた。幸子がうふふと笑った瞬間ガラス戸が開いた。房枝が立っていた。

　息子夫婦の濡れ場を目撃したたいていの母親がそうするように、房枝も全くの無表情でそこにいた。二人はまるでそこに存在しないかのように居間に入り、手提げの布袋を椅子の上に置く。

「お帰りなさい」

　幸子はあわてることもなく、夫を締めつけていた片足を静かにはずした。

「仲のいいことで……」

　照れるあまり口を滑らせるのは保文の方だ。彼はよく磊落な父親のふりをしようとするが、たいていの場合失敗する。ましてや房枝と一緒の時にうまくいくはずはなかった。

「プロレスごっこをしていたんですよ。運動不足解消を兼ねてね」

　幸子が説明している間に、忠紘は電話台に目をやる。よかった、先ほどすばやくアドレス帳を引出しに戻しておいたのだ。いつになく妻が甘えてからんできたが、それに応えながらも手は反射的に動いている。こうした自分の習性は幸子から大いに非難されるところであるが仕方ない。過去から続く多くの出来事によって、わずらわしいことから逃れようと体がまず自然に動くのだ。

以前あるニュースで〝緊急避難〟という言葉を聞いた時、まるで自分のためにあるような単語だなあと忠紘は感心したことがある。危なそうな石ころを瞬時に片づけた後、自分に出来ることはこれまでだと宣言し、さっと殻(から)の中に逃げ込むことを十年近く続けて、忠紘はある日気づいた。

自分はいつのまにか、かつて軽蔑(けいべつ)していた父親にそっくりになっていたではないか。

「お義母(かあ)さん、お茶は日本茶でいいですか。それとも紅茶にしますか」

「ありがとう。日本茶をもらうわ」

なぜだかわからないが、幸子は気味悪いほど機嫌がよくなってきている。房枝と保文のために茶を淹(い)れ、夕方焼いたマドレーヌを皿に盛る。

「これ、焼いたから食べてくださいよ」

「まあ、まあ、まあ」

房枝は大げさに驚く。

「手がかかる子どもが二人もいるのに、よくこんなことするわねえ。お菓子なんか買ってくればいいと思うのにねえ」

姑(しゅうとめ)のこんな嫌(いや)みたらしい言葉にも幸子はびくりともしない。

「いやあ、材料をちゃっちゃっと混ぜて天火の中に入れればすぐに出来ますよ。ここのうちの天火、システムキッチンに組み込まれたやつだけど一度も使った形跡がなくて、最初は使いづらかったけど、やっとコツがわかって……」

一度は反撃しかけたが、すぐに思い直したように笑いかける。

「洋と美奈の好物だから、ちょっとつくってみたんですよ。さあ、お義父さんも食べてくださいよ」

幸子は保文の前にフォークを置く。彼女はとうに気づいているのであるが、保文は甘いものに目がないのだ。が、三年前にかすかに糖が出たのをきっかけに、房枝から厳しく制限されている。

だが手づくりの菓子の誘惑は大きかったらしく、彼はたちまち相好を崩す。

「こりゃあ、うまそうだな」

意外なことにそれを咎めるでもなく房枝は鼻から抜けるようなため息をついた。どうやら大層疲れているらしい。

「今日は随分遅くまで開けてたんだね」

忠紘の問いに房枝は悲しげに頷いた。

「またね、駅の近くに安売り店が出来るみたいなのよ。全くねえ、うちみたいに小さな酒屋をいじめてどうするつもりなんだろう」

「でもいいじゃないですか、お義母さんのところは早くからビルにしてたんだから、テナント料だって入るんでしょう。体のことを考えながら呑気にやられたらどうですか」

幸子は少々図にのっていた。そして姑を慰めるために口にした言葉はかなり余計だったらしく、房枝はむっと唇を曲げる。

「幸子さんたら嫌ね。これから先何年もビルにした時の借金を返さなくちゃいけないのよ。呑気にやるなんてことは出来るはずがないじゃないの。私たちみたいな貧乏人はね、死ぬまで呑気なんてこととは無縁よ」

「お義母さんが貧乏人なんて」

幸子はけたたましく笑うが、その目は姑の背後、いくつかの引出し類を一瞬凝視した。こいつ、そのうちにアドレス帳ばかりでなく、うちの預金通帳もこっそり見たがるんじゃないかと忠紘は不安になる。

「本当にそうよ。私はね、あんたたちもご存じのとおり、老後を子どもに見てもらおうなんて気持ちはまるっきりないのよ。私はそういうところ、きっぱりしているからね」

房枝は姑の淑子など、この世に存在しないかの如く胸を張った。

「だからね、年とってから生活していく分とお葬式代はちゃんとつくり出しておきたいと思うの。お金のない年寄りは嫌われるだけだからね。最低限のものぐらいは持っていたいと思うの、それだけよ。私には欲なんてものはとっくにないし、とにかくあんたたちに迷惑はかけたくない。そのためにも今はもうひと頑張りしたいと思っているのよ」

　こういう時、自分はどう声をかけていいのか忠紘は逡巡する。房枝は自分の否定を望んでいるのだ。けれども、そんなことはない、僕らがきっとめんどうをみるよ、悲しいこと言わないでよ、などと言ったら嘘を言うことになり、傍らにいる妻を怒らせることになるだろう。

「本当にお義母さん、よく言うよ、子どもたちにめんどうをみてもらうつもりはない、なんてさ」

　その夜布団の中で、いつものひそひそ声でなく、はっきりと声に出して幸子は言った。

「ああいうエラそうなこと言う人に限ってさ、年とってからピイピイ文句言うんだよ。それともお義母さん、自分が今まで人にした仕打ちを考えて、とてもめんどうみてもらえないと思ってるんだろうか」

「よせやい」

忠紘は読んでいた本を閉じた。さきほどの房枝の「もうひと頑張りしたいと思っているの」と言った時の顔が執拗(しつよう)に浮かびあがってくる。お袋も年をとったなと思う。たとえ言葉にしただけであっても、ああいうことを口にする時、房枝の顔は大層老いて悲しげに見えるのだ。

「お前は確かにお袋のこと嫌いだし、めんどうをみたくない気持ちはわかるよ。だけどさ僕は一応息子で長男だから、嫌いだとか、昔ひどいことをした、なんてことを言うわけにはいかないよ、僕ひとりでもやることはちゃんとやるさ」

「わかってるよ、何よそんなにきりきり怒りちゃって」

幸子は顔を起こしふっと笑う。前髪に巻いたカーラーが四つばかり、やさし気に揺れた。

「私を誰だと思ってるのよ。人情と正義の幸子サンだよ。二回か三回しか会ったことのないお祖母(ばあ)ちゃんのめんどうをみてる女だよ。今日びの若い嫁さんのように、知らん顔をするなんてこと出来るわけないじゃないの。私はさ、本当にお義母さんには泣かされたけど、今にきっと許せると思ってる。許せるっていうよりも、忘れるようにするよ。人の心を持ってたらさ、体が動かなくなった年寄りを知らん顔出来るはずはないよ。私はそういう女だからね。だけどさ、それまでに私、我慢出来ないことはいっぱいあるんだ。例えばあれ」

顔で髪をしゃくり上げるようにする。隣りの部屋からのCDの音はもう随分前に消えていた。

「私はね、騙したり嘘つかれるのがいちばん嫌いなの。久美子さんは何か知ってるくせに黙ってる」

「おい、聞こえるぞ」

「いいよ、明日本当のことがわかったら、私はもう黙ってはいないよ。がんがん言うべきことは言って、やるべきことはやりますからね。よおし、明日は楽しみだよ、どんな秘密がこの家にあるかわかるからね」

天井を見ている横顔の鼻の穴がふくれてきた。

「正義やっている人にはまわりの人が気を使ってくれなきゃ。この家はそれが足りないんだよ」

親族会議

駅前の交番でしつこく聞いたから、弥生の住んでいるマンションはすぐにわかった。小学校の角を折れて、だらだらと坂を下りると、そのあたりはマンションとアパートとの合いの子のような建物がいくつも並んでいる。弥生の住むハイツはその中ではましな方だったかもしれない。

エントランスが気取ったアーチになっていて、洗濯物（せんたくもの）を窓に干すのは禁止されているらしい。あたりを小馬鹿（こばか）にしながら精いっぱい気取っているような建物だ。

「絶対間違いない。あの女の人はやっぱり弥生叔母さんだよ」

入り口のところで幸子が深く頷（うなず）く。

「ここからだとあのスーパー、歩いて十分くらいだもの。買い物に来たとしても不思議じゃないわ」

朝の九時である。夫や子どもを送り出した後のひとときの静寂があたりに漂っていた。どこからかＦＭ番組のテーマ曲が流れてくる。一瞬であるが後ろめたい思いが忠紘の心の中を走った。

「四〇五号室、ここだよ」

黒沢と書かれた表札には、信彦、弥生と夫婦の名前に続いて義彦と記されている。自分とはかなり年の離れた従弟のことを思い出した。親同士はそう親密ではなかったといってもそれは大人の話で、幼い義彦は「お兄ちゃん、お兄ちゃん」と呼んで慕ってくれたものだ。時々は宿題を見てやったりもした。その従弟とも十数年来会っていない。

血が繋がっているというだけで無邪気にすべてのことを信じられる時代は、いったいいくつぐらいまで続くのだろうかと忠紘は思う。今自分の中にあるのは、なまじ親戚だからこうもいろいろこじれるのだという舌うちしたいような気持ちだ。

「あんたブザー押しなさいよ」

幸子が指さした。

「どうするんだよ。宅配便のふりするのかよ」

「ここまで来たらそんなことしなくてもいいわ。正々堂々と名乗りなさいよ」

ブザーに指を伸ばしながら忠紘は最後に祈った。どうか叔母の大阪行きは本当であ

って欲しい、留守の者が顔を出し、

「黒沢さんご一家はずうっとお留守ですよ」

と言ってくれたらどれほど救われるだろうか。弥生は嘘をついていないことになるし、すべては元のままに収まるのだ。もしそうなったら自分は少し心を入れ替えよう。もっと早く家に帰り、祖母の看病を手伝うつもりだ。そうすれば幸子もさまざまな邪推をしなくなるに違いない。しかしインターホンごしに女の声がした。

「はあーい、どなた」

間違いない。それは確かに弥生の声であった。

忠紘は心を決めた。もはやここまで来たら叔母も逃げ隠れしないはずである。宅配便の真似などしない方がいい。忠紘はちらりと妻の顔を見た後、深く息を吸い込んで叫んだ。

「叔母さん、僕です、菊池の忠紘ですよ。ちょっとお話ししたくて伺いました」

ぐずぐずしているかと思ったが、意外にも早くドアは開けられた。半袖のニット姿の叔母がそこにいた。四年前に比べて驚くほど老けている。もともと少ない髪の分け目が四、五センチ真白になっているのだ。

まずどんな風にこちらを見るのかと忠紘が考えていたのはそのことだったが、叔母は「あら、どうしたの」とにっこり笑った。もちろん大歓迎というわけではないが、不機嫌丸出しというわけでもない。幸子に対しても、ばつの悪さをつくり笑いで誤魔化そうとするほどの余裕はあるようだ。

「ちょっと叔母さんに聞きたいことがあって今日は突然押しかけてきたんですけど……」

「まあ上がって頂戴よ、掃除をやりかけてる最中だけど」

言葉のとおり、玄関を入ってすぐの廊下には掃除機のホースが斜めに置かれたままだ。それを叔母が片づけてくれるわけでもなかったので、忠紘と幸子は川のようにまたいだ。

叔母は二人のために紅茶を淹れてくれる。おそらく外国製のものだろう。ティーカップに注がれたとたん香りが強く立った。器も紅茶用のもので、しかもいちばん安いラインとはいえ、ロイヤルコペンハーゲンである。忠紘は「内福」という古風な言葉を思い出した。母の房枝が叔母一家のことを表現するときに時々使ったものだ。

「うちみたいな商売屋なんかとは違って、弥生さんとこは大きいところへ勤めてて社宅もちゃんとある。内福の人はいいわよねぇ」

叔母の夫は財閥系の鉄鋼会社に勤めていた。そこそこの国立大学を出て「鉄は国家なり」の意識がまだ残されていた頃の勤務だから、プライドも高い。忠紘は幼い頃からこの叔父にどうも馴じめなかった。何年か前に定年になったはずだが、運よくどこかの子会社に滑り込んだと聞いたことがある。

こんな風に気取って紅茶を淹れている祖母は、祖母淑子の血を引いて美人だった面影もちらりとある。このマンションは間取りといい、つくりといい安っぽいが、まあ日本の住宅事情を考慮に入れれば、叔母は上品な中流夫人といえないこともない。この叔母がスーパーで幸子の姿を見たとたん、すたこら逃げ出したというのは本当なのだろうか。

「ねえ叔母さん」

忠紘は言った。妻の方を指さす。

「このあいだスーパーでこいつと会いませんでしたか」

「スーパーって、どこのスーパー？」

叔母は誤魔化そうとする人が誰でもそうするように、目を大きく開いて小首をかしげる。きょとんとした表情をつくろうとするのだが、十代のアイドルでもない限り、たいてい失敗するものだ。これには幸子もむっときたらしい。

「やだ、叔母さん、きのう私と会ったじゃないですか。この町の丸福スーパー。叔母さん、今着てるのと同じニットを着てましたよ」

　例によって早口になる。

「じゃあ、あれはやっぱり幸子さんだったの。私、似てる人がいるなあって思ったけど、結婚式の時に会ったきりだからはっきり憶えてなかったの。失礼したわ」

「いいえ、叔母さんは私の顔を見て、ぎょっとした顔をしたかと思うと、廻れ右をしちゃったんですよ。なんだか会っちゃいけない人に会ったっていう感じだったけど」

「そこまで言わなくてもいいよ」

　忠紘は小さな声で妻をたしなめた。幸子はもってまわった言い方というのが大の苦手なのだ。このままほうっておいたら、とことん叔母を追いつめるに違いなかった。

「あの、僕たちは叔母さんたちが大阪に転勤になってるって聞いてたんですよ。だからうちのはスーパーで叔母さんを見てびっくりしちゃったんです」

「私が大阪にね、ふうーん」

　こういう風に薄く笑うと、叔母は初老の女の意地の悪さが濃くにじみ出る。血の繋がっていない小姑と嫁という関係になるが、母の房枝にそっくりになるのだ。いや、平凡な顔立ちの房枝よりも、鼻や唇の造作が整っている分だけ叔母の方が凄みがあると忠紘は思った。

「そんなことを言ってるの、あんたのところの親たちは。いかにも兄さんや房枝さんが言いそうなことよねえ」

その口調がぞっとするほどの悪意が籠(こも)っていて、忠紘と幸子は顔を見合わせた。

「違うんですか」

「違うも何も私はここにいるじゃありませんか。忠紘ちゃん、あなたのお父さんはね、そうでも言わなきゃきまりが悪かったのよ」

「きまりが悪いってどういうことですか」

「まあ、あなたたちは何も知らないの」

弥生は目を見張る。今度は芝居でもなく本当だという証(あかし)に、下瞼(したまぶた)の小皺(こじわ)がよじれながら引っぱられていく。体裁を整える間もなく弥生はしんから驚いているらしい。

「あら、私はあなたたちも何もかも承知で、母の看病をしてると思ったけど、何も聞かされてないの。まあ、なんてことかしら」

傍(そば)の幸子の喉(のど)がごくりと鳴った。

「じゃあ、お祖母ちゃんはいつ寝たきりになったってことになってるの」

「三カ月前。病院に入れたんだけど、どうしてもうちに帰りたいからって」

「病院だとおむつもなかなか替えてくれないし、ご飯もまずい。とにかくうちに連れて帰ってくれってお祖父(じい)ちゃんに泣いて頼んだんだそうです。お祖父ちゃんも年寄りだから看病は大変だし、それで私たちがめんどうをみようってことになったんです」

「そうだったの」

弥生の二人を見る目が不意にやさし気になる。あまりにも濃いやさしさで、それはこちらに向けた、いたましさと言ってもいいかもしれない。

「お兄さんも房枝さんもひどいのねえ……。あなたたちを騙(だま)してるっていうわけよねえ」

「騙してるってどういうことですか」

幸子が気色ばんで尋ねたが、忠紘はもう止めはしなかった。

「だってお祖母ちゃんが寝たきりになったのは、今から一年半前よ」

「えー、何ですって」

忠紘と幸子は同時に叫んだ。

「そういえば」

幸子は後を続ける。

「私、前から何かおかしいなあとは思ってたんだ。だってね、うちにあった紙おむつ、もう製造していない古いタイプのものもあったし、お祖母ちゃんも三カ月前に倒れたにしちゃ、やけにもの慣れてるところもあったし……」

「それでね、友文夫婦が同居することになったのよ」

弥生は末の弟の名を挙げた。保文、亡くなった興子、弥生、友文と四人兄弟の中で、淑子がいちばん可愛がっているのが友文なのだ。菊池の家の中では珍しくしゃれた男で、建築会社にしばらく勤務した後は、独立してインテリアコーディネイトの会社をつくった。男前で人あたりもいい。

「友文がめんどうをみてくれるってことになって私も安心してたんだけど、お祖母ちゃんと正美さんとがねえ……」

弥生は大げさに顔をしかめた。友文の妻の正美と姑の淑子とは前から折り合いが悪い。正美は年をくった帰国子女で、少女の頃にハワイから帰ってきた経歴を持つ。もはや英語など全く憶えていないくせにそのことを自慢している節があって、淑子とうまくいくはずはなかった。

「それであの夫婦と一緒に暮らしたんだけど、お祖母ちゃんがおかしくなっちゃったのよ。多分ストレスがたまったんでしょうね。お祖母ちゃんってほら、口に出さないでお腹にためとくタイプだから」

「おかしくってどういう風に」

「へんなことを口走ってね。井戸の中をのぞくと狐の顔が見えてこわいとか何とか言い出したの」

自分にしてくれた話だと忠紘は背筋が寒くなる。昔、幼い孫の夜伽に語った話が、老いた頭の中では現実と混ざり合ってしまったのだ。

「寝たきりの上に呆けたのかって、私たちは大騒ぎして先生に見せたのよ。そうしたら老人性うつ病だって言われた。大丈夫、薬で治りますって言われてね、薬しばらく飲んだら本当にけろっと治ったのよ。私、あれにはびっくりしたわねえ、人間の頭の中が風邪みたいに薬で治っちゃうんだから」

「それでそれをきっかけに友文叔父さん夫婦は出ていったんだ」

結論を早く知りたくて、苛々している幸子は叫ぶ。呆けが治った感慨など省略して欲しいに違いなかった。

「そうなのよ。正美さんとのことがものすごい負担だったのね。八カ月ぐらいの同居だったけどお祖母ちゃん、本当につらそうだったもの。それでね、私が通いで看病するようになったわ」

「今の私みたいにですね」

「そう。四年前にこんな日がくるんじゃないかと思って、お祖母ちゃんちの近くにマンションを買っておいてよかったと思った。忠紘ちゃんのお父さんも毎日のように来てくれてね、まあ、兄妹協力して頑張ってたわけよ。だけど協力してるなんて思い込んでたのは私だけでねえ」

弥生はここで沈黙する。言おうか言うまいか迷ってるのだけれど、結局言わなきゃいけなくさせたのはあなたのせいよと、言いたげな表情になるための時間稼ぎだとわかる。事実、顔を上げた叔母はそれを口にした。

「私はねえ、こんなこと聞かせたくないの。だけどあなたたちはそれを聞きたいためにここに来たんだしね。やっぱりあなたたちも騙されてるみたいなかたちになってるんだから、耳に入れといた方がいいでしょう」

「もちろんです」

と幸子。

「あのね、お祖母ちゃんが倒れたことでお祖父ちゃんはすっかり気が弱くなってた。そこんところにうまく入り込んでね、あなたのお父さんは遺言状を書かせたのよ。めんどうをちゃんとみるから、あの家を寄こせってお祖父ちゃんに言ったのよ」

父親の保文が、祖父の家を手に入れようとしていたとは初めて聞く話だ。忠紘はごくりと息を呑んだ。

「それもびっくりするような手の込んだやり方でね。私たちみたいな法律にうとい者にはちんぷんかんぷんよ。まずお祖母ちゃんには相続放棄させてね、土地は全部自分が貰うようにする。当然私たちにも法律で決められた分があるから怒るわよね。それはね、遺留分っていう最低限のものを現金で払って黙らせる。そこまで用意しといて、兄さんはあそこにアパートを建てるつもりだったのよ」

法律にうといと言いながら、弥生の口から「相続放棄」「遺留分」といった言葉がぽんぽんとび出す。

「ところがね、この景気でしょう。お金を貸すはずだった銀行が手をひいて、兄さんの悪巧もバレちゃったのよ。私たち兄さんを問いつめて、お祖父ちゃんの遺言書を見せてもらったら、もう開いた口がふさがらないっていうのかしら。もう情けないやら口惜しいやらで、私たちはいっさいあの家から手をひこうっていうことになったのよ」

「そうだったのか」

忠紘は深いため息をついた。この十年間ほとんど実家と疎遠になっていたから、叔母や叔父たちとそのようなドラマが繰り広げられていたとは全く知らなかった。

「だけど親父にそんな知恵があるとは思えないけどなあ。子どもの欲目で言うわけじゃないけど、親父は人に騙されても騙す人間じゃないはずだよなあ」

「そりゃあねえ……」

弥生は言いづらそうに唇をゆがめる。私は言いたくないけれど、言わせるのはあんたのせいよ、ということを示す例のポーズだ。

「言っちゃ悪いけど、おたくのお母さんが陰で焚きつけてるに決まっているじゃないの」

「……」

「房枝さんとお祖母ちゃんは、本当にうまくいってなかったからね。お祖母ちゃんも気が強いけど、おたくのお母さんも気が強い。私は娘時代、二人の身も凍るような現場を見たことあるものね。だからお祖母ちゃんが財産放棄したって聞いた時、背筋がぞおって寒くなっちゃった。房枝さんがとうとう復讐を遂げたんだなって思ったわ」

「叔母さん、うちのお袋、確かに変わってるけどそこまで陰険じゃないよ」

「陰険じゃなくても欲深いのよ」

「欲深いっていうのは言い過ぎですよ」

「ちょっといいかげんにしてよ」

忠紘ははっと傍らを向く。幸子の存在をすっかり忘れていたのだ。

「じゃあ、私はすっかり騙されていたわけ」

幸子の瞼が怒りのためにぴくぴくと震えている。

「あの日この人が家に帰ってきて言ったのよ。お祖母ちゃんの具合が悪い。病院に入れたんだけど、とにかくここを出してくれって泣いたそうだ。それでうちの親父とお祖父ちゃんが看病してたんだけど、お祖父ちゃんがダウンした。お袋とお祖母ちゃんは最悪の仲だし、叔母さんは旦那さんに従いて大阪へ行ってる。孫の僕しか元気な若いのはいない。だから一緒に行ってくれないかって、この人、私に頭を下げたんですよ」

夫を指さす。まるで他人を指摘するように、人さし指を垂直にぴんと伸ばした。

「だから私、子どもを転校させてまでここに来たんですよ。私だって帰ってきたくなかった。そりゃお義母さんだってお祖母ちゃんにいじめられたかもしれないけど、私だってさんざんお義母さんにいじめられたからね。それを家に帰ってみりゃ、この人のお母さんも妹も知らん顔。私だけが毎日通っておむつの交換。そしてなによ、今見たら叔母さんだってここにいる。わたしゃもう頭にきたからねッ」

幸子はすっくと立ち上がり、夫と叔母を睨みつけた。肩が大きく深呼吸している。

「私がさ、血も繋がってないお祖母ちゃんの看病してる間にさ、この家はお金の分け前めぐって大騒ぎしてたなんてね。ああ、驚いちゃう、わたしゃもう今日からお祖母ちゃんちへ行かないよ」

「ちょっと、幸子、待てよ」

「友だちのところへ行っててちょっと頭を冷やしてくる。だから今からあんたか叔母さんがお祖母ちゃんとこ行ってよ。それからね。お義父さんとお義母さんに伝えて。今日、ちゃんと話し合いをしましょうってね。わかった⁉」

言葉をぽんぽん投げつけながら幸子は居間のドアに向かう。そして誰かの頰を殴るようにぴしゃりと閉めた。

「すごいわねえ……」

つられて立ち上がった弥生は、両の手で頰を押さえている。

「ものすごく気が強いお嫁さんだって、房枝さんがいつか言ってたけど本当……。私、なんだか怖くなっちゃった」

「そういう言い方はないでしょう」

驚きが去った後、忠紘にやっと怒りが訪れていた。幸子にいつも言われるように、どこかテンポがずれてしまうのだ。しかし考えてみると自分も幸子も同じ被害者ということになる。

「うちのやつ、この一カ月、ずっとお祖母ちゃんのめんどうをみてたんですよ。腹を立てるのはあたり前だと思うなあ」

それにしてもどうしたらいいかと忠紘はあたりを見まわす。会社に電話をかける他なさそうだ。有休の次の日に突然休むといったら、課長はいい顔をしないだろうが仕方ない。腹を立てた幸子が祖母のめんどうをみるのをボイコットしたのだ。

「叔母さん。悪いけど電話を借りたいんだけど……」

「いいわよ。それ、使って」

ちりめんの小袱紗がかかった電話は、なんと料金がデジタルで表示されるものだ。会社ではよく見かけるが個人の家では珍しい。呼び出し音が聞こえたとたん、10円という数字が飛び出すように現れた。

「すいませんけど、遠藤さんを呼んでくれる」

呉服二課の課長、遠藤はいわゆる叩き上げの課長だ。いつも着流しに帯をきりりと締め売場に立っている。商業学校を卒業して以来呉服ひと筋できた彼は、まるで前世紀の遺物のようにまわりから扱われていたが、上得意を何人も持っている。二年後定年を迎えるが、おそらくその後も嘱託として残るに違いない。

「もしもし、ちょっと家の者に急病が出て、今日は休ませていただきたいんですが」

「それはいいけど、『盛夏の沖縄きもの展』の案内状はどうなってるわけ」

「もう発送済みのはずです」

「あのリストを使ったやつだろ。そうじゃなくて僕が言ってるのは……」

数字がいつのまにか30になっていく。後ろで弥生がいらいらしているのがわかる。料金がかさむのもさることながら、忠紘が次にどういう行動に出るのかまるでわからないのだ。

「叔母さん、これからお祖母ちゃんちへ一緒に行かない?」

受話器を置いて忠紘は言った。

「幸子が怒ってどこかへ行っちゃったんだから、今日は僕と叔母さんと二人で行くより他ないだろう」

「そんなこと出来るはずないでしょう」

弥生は叫んだが、少女のように目が真剣だ。芝居じみた余裕もなく大きく見開かれている。おびえに近い。

「恥ずかしいけどね、私とお祖父ちゃん、お祖母ちゃん、すごいやりとりがあったのよ。あれだけのことがあってちょっと行けないのよ」

「だって親子じゃないか。そんなの関係ないよ」

「忠紘ちゃんはまだ若いからわからないかもしれないけど、親子だからこそいったんこじれるとどうにもならない。他人よりももっと始末が悪くなるのよ」

忠紘は自分がとても冷静でいることが意外だった。もちろん腹立たしい気持ちは収まらないが、そうかといって幸子のように外に飛び出す気にもなれない。いま自分がすべてを放棄したらいったいどうなるのだろうという思いが彼を支えている。こういう時に、どこからともなく低いささやき声さえ聞こえてくるのだ。

「お前は長男」

「あんたは長男なのよ……」

叔母さん、と忠紘は言った。

「いくらさ、お祖母ちゃんと喧嘩したっていっても本当の母娘じゃないか。憎み切るなんてことは出来るわけないでしょう。それだったら今日をきっかけにして行ってみたらどうかな。僕は叔母さんにめんどうを押しつける気はないけど、このままじゃ不自然だよ」

弥生はおし黙ったまま紅茶茶碗を口にあてる。まるで二色に染め分けたような白髪だ。根元にきて突然真白になっているのが目に入る。それを見ているうちに、忠紘は突然不気味な思いにかられた。この世の中は男と女以外に、もうひとつ「初老の女」

という人種がいるのではないだろうか。ある時からがらりと人格が変わり、それまでの常識が通用しなくなってくる。親子の情愛さえ感じなくなっている、ある種の初老の女、それが目の前の弥生だ。

「私はね、そりゃあお祖母ちゃんのことは心の底じゃ可哀想だと思ってるわ。何とかしてあげたい気持ちもあるの。だけどね、私にも意地っていうものがあるからね」

「意地……」

「おたくの両親はねえ、私のこと踏みつけにしたのよ。世の中にはねえ、財産めぐって兄弟がいがみ合っている家が多いけど、私はそんなことで怒ってるんじゃないのよ。おたくのお父さんやお母さんがあんまりひどいことをするのが、涙が出るほど情けないのよ。いまここでね、私が兄さんとまたつき合い出したりしたら、私のために骨折ってくれた主人にも悪いからね。今さら後にはひけないのよ」

「事情はわかりました。だけどね叔母さん、うちの両親ともいっぺんちゃんと話をしてくれませんか。そうでなきゃ、幸子が可哀想ですよ。あいつはこの一カ月間、お祖母ちゃんのめんどうを一生懸命みてきたんだから」

「まあ、忠紘ちゃんって相変わらず愛妻家よねえ」

弥生はにたりと笑った。幸子と一緒になって以来、こうした笑いを何度まわりの者たちから受けてきただろうか。弥生のような人間にとって、ひとまわり上の女を妻に持ち、そして愛することは、嘲笑以外の何ものでもないのだ。忠紘は何か強いひと言を口にしたいと思ったがあきらめた。またどこかで声がする。

「あんたは長男なんだもの」

結局忠紘は、祖父母の家へ一人で出かけることにした。弥生の住むハイツの前に出ると、ちょうどタクシーが通りかかり、それに乗ると基本料金を少し上まわるぐらいの額で祖父母の家に着いた。バスの停留所でいうと、二つめか三つめぐらいだろう。

これほど近くに住みながら、祖父母とつき合いをやめたという叔母の心根のすさまじさに、忠紘はやりきれなくなってくる。いったい何が皆の心を狂わせているのだろうか。金ではなく意地だと弥生は言ったけれど、それは半分は嘘で半分は本当だろう。金がからむから意地が生まれ、意地が発生するから金のことがややこしくなってくるのだ。

ぎしぎしと音をたてる冠木門を開けてふと見上げると、庭木のクモの巣がすっかり取り払われている。ここは老人の住む家だと表示されているような、枝木にからみつくクモの巣を、休みの日にでもとってやろうと思っているうちにすっかり忘れてしまった。おそらく幸子がひとりで奮闘したに違いない。小柄な幸子が思いきり帚の柄を伸ばして、クモの巣を取ろうとしている光景を思いうかべ、忠紘はすまないことをしていると心から思う。怒るのはあたり前だ。けれども弥生の家を飛び出した幸子がどこへ行くか、だいだい見当はついている。

幸子はいく先々のＰＴＡをたいてい牛耳ってしまう。まわりの母親たちはすべて幸子よりはるかに若い。あたり前だ。末っ子の美奈など幸子が四十三歳の時に生んだ子どもなのである。

「私さ、このあいだびっくりしちゃったよ。美奈と同じ小鳩組のコ、お祖母ちゃんの年が私と同じなんだってさあ」

このあいだもさも意外そうに言ったものである。普通なら高齢出産をひけめに感じたり、照れたりするものであるが、幸子は堂々とふるまう。

「ねえ、パパ、言っちゃ悪いけど、こっちの方が船橋より文化レベル低いよ。私みたいな四十代の母親が幼稚園にあまりいないもの。年とった母親が多い方が、活気があって面白いんだけどねえ。若い奥さんたちばっかりだといまひとつワンパターンだ」

などということを平気で言う幸子のまわりに、母親のグループが出来るのはいつものことだ。最初はおそるおそる幸子に近づく若い女たちは、夫忠紘の年齢がわかるに

つれ、

「すごい大恋愛だったのねえ」

と感嘆のため息をもらし尊敬さえする。きっと幸子はそうして手なずけておいた若い母親のところへ行ったに違いない。幸子が他人の茶の間で、がぶがぶと茶を飲み、菓子をつまんでいる図もたやすく想像出来る類のものである。

家の中に入ると、高一郎は新聞を読んでいるところであった。考えてみると祖父はいつも新聞を読んでいると忠紘は思う。雑誌をめくっているわけでもない、そうかといって祖母の傍にべったりといるわけでもない、いかにものんびりと新聞を読んでいる、と忠紘が感じるのは、おそらくさっきのことで苛立っているからに違いない。

祖父の前に立ち、どういうことなのか、自分たちを騙していたのかと責めたい欲求にふとかられ、ようやくのことで思いとどまった。

「やあ、お早よう」

新聞紙の上から眼鏡ごしにこちらを眺めた祖父の顔は、一瞬呆けたのかと思うほど無警戒なものだった。詳しいことはまず両親に聞いてからと忠紘は心を決めた。

「幸子さんはどうしたんだ」

「季節はずれの悪い風邪ひいちゃって具合が悪いんだよ。お祖母ちゃんにうつすと大変だからっていうんで、今日は僕が来た」

「会社を休んだのか」

「まあね」

「お前、そこまでしなくていいんだぞ。一日、二日は俺ひとりでも何とかなる。幸子さんが来てくれる前は、俺と保文と二人でずっとやってきたんだし」

嘘つけ、と忠紘は舌うちしたいような気分になる。その前は弥生叔母さん、その前は友文叔父さん夫婦がちゃんとこの家にいたんじゃないか。

「お祖父ちゃん、僕は何をしたらいいわけ。幸子、いつも何をしてた」

「幸子さんは次の日の朝めしの準備して帰るから、俺がそれをさっきお祖母ちゃんに食べさせたとこだ」

高一郎は淡々と喋り始める。

「幸子さんは来るとまず、お祖母ちゃんの寝巻きを着替えさせて体を拭いてくれるな。この頃は気候がいいから、お祖母ちゃんも寝てるあいだに汗をかくことが多くなったからな」

「じゃ、僕がそれをするよ」

「いいよ、お前はそんなことをしなくてもいい」

「そんなに遠慮しなくてもいいよ。今日は僕が幸子の代わりなんだから。それともお祖父ちゃん、僕に愛妻のヌードを見せたくないわけ」

「よせ、馬鹿（ばか）なことを言うな」

高一郎は本気で赤くなった。さっき弥生から「愛妻家だから」と言われたとき忠紘は憮然（ぶぜん）としたものであるが、今度はそれを祖父にぶっつけると多少温かい思いになる。考えてみると今から六十年前に、二人が恋愛で結ばれたのは本当なのだ。そして平凡な見合い結婚の末、決して仲がいいとはいえない両親がいて、駆け落ちまでした自分たちがいる。激しい恋愛結婚は隔世遺伝だったわけだ。

高一郎に教えられた引出しを開けると、アイロンをかけた寝巻きがぎっしりと詰まっていた。幸子が整えたものだ。幸子はアイロンをかけるのが大の苦手で、忠紘のワイシャツを除けばたいていノーアイロンで済むものを買ってくる。

「子どものものなんか清潔でありさえすれば、ピシッときめる必要はないんだもの」

としょっちゅう言っている幸子が、祖母の寝巻きにはこまめにアイロンをかける。

「糊（のり）をつけると年寄りの病人にはつらいだろう。だけどさシワシワの寝巻きだと、貧乏ったらしい気分も晴れないよ」

忠紘が見舞いに行くと、幸子は腕まくりして奮闘していたものだ。その時に妻がうかべていた鼻の頭の汗を思い浮かべながら、忠紘は紫色のネルの寝巻きを選び出した。

「お祖母ちゃん、いいかい。寝巻きを替えるよ」

忠紘が声をかけると、淑子はかぶりを振った。

「いいよ。昨日替えたばかりだから」

白髪の頭が意外な強さで激しく振られ、それはかえって忠紘に恐怖に近いものを感じさせた。けれどもそういうものにいっさい目を背けてはいけないと忠紘は決心する。

「駄目だったら、お祖母ちゃん、ほら、ぐるっとこっち向きなよ」

祖母の寝巻きも肌もやわらかく湿っていた。こんな時でも八十三歳の祖母はあきらかに恥じている。顔を必死でそむけようとしているのだ。高い鼻梁のかたちよさというのはおそらく年をとっても変わらないものなのだろう。紐をほどきながら忠紘はふと不思議な感慨にかられた。

「これって僕が下着脱がした女の中で、最高年齢っていうことになるんだろうな」

今までは妻の幸子が最高記録であった。といっても学生時代の忠紘の経験ときたら微々たるもので、同級生の女子学生と初体験を済ませた後は、友人と一緒に酔った勢いで風俗といわれるところに二回行った程度である。幸子が初めて溢れるほどすべてを満たしてくれた。

「僕ってつくづく年上の女と縁があるんだろうか」

忠紘がそんなふうにおどけたふりをしなくてはならないのは、いよいよ祖母の下半身がむき出しにされるからだ。そこから先はもはや諧謔（かいぎゃく）は通じない世界である。淑子がおむつを使うのは夜だけなので昼は何もつけていない。複雑なちりめん皺（じわ）の寄った祖母の下半身はたやすくさらされた。

「もうじき死んでいく人間の毛を見るって、とても大切なことだと思う」

幸子の言葉をまた思い出した。

それでも体を拭くのだけは、淑子は頑（がん）として許さなかった。

「明日、幸子さんが来た時にしてもらうからいいよ」

執拗（しつよう）に繰り返し、最後は睨（にら）みつけるようにするので忠紘もあきらめた。その代わり寝室に掃除機をかけ、幸子ももて余していたらしい冬布団（ふゆぶとん）を片づけた。昔風の綿がぎっしり入った布団を二階に運ぶのは、若い忠紘でも大変な作業だ。

「お祖父ちゃん、こう言っちゃ悪いけど、年寄りが二人きりだけで暮らしていくなんて奇跡に近いことだよね」

「そうでもないさ。前にも言ったろ、冬眠してる気分でさ、出来るだけ動かん。春が来る、つまり今みたいに若い者の手が借りられるまでじっと待ちゃいいんだ。見栄（みえ）だ、世間体だのをいっさいなくせば、年寄りだけでなんとかやれるもんだよ」

こんな風に達観したことを口にする祖父が、アパート経営や遺産のからくりなど、生ぐさいことを考えていたとは不思議なことだ。しかしそれは今聞くのをよそうと思う。

忠紘は以前幸子がしていたのを見たとおり、丁寧に玉露（ぎょくろ）を淹（い）れ、それを冷まして水さしに入れた。お祖母ちゃんは口が肥えていて、ちゃんとおいしいものがわかるというのが幸子の言い分である。

孫の行為に淑子は先ほどからやたら恐縮していて、まあまあと上半身を起こした。

「悪いわね、忠ちゃんにこんなことをしてもらって……」

「いいからさあ、寝てなよ。さあ、お茶、お祖母ちゃん、いい？」

水さしに唇を近づけながら淑子は目を伏せる。あきらかにはにかんでいるのだ。寝巻きを着替えさせたことにこだわっているに違いない。

「あのさ、幸子が明日はちゃんと来るからさ」

思わずそう声をかけずにはいられなかった。それは忠紘自身の願望でもある。

「そう……。でもね、幸子さんも体に気をつけないと。子ども二人かかえていちばん大変な時だもんね」

「弥生叔母さんが……」

言いかけてはっとする。今日の慣れない作業の疲れと緊張感が、頭と口を直結するネジをゆるめていたようだ。自分は何を言おうとしていたのだと、叱りつけたい気分だ。もうすべてを知ってしまったのだと祖母に悟られてはならない。

「弥生叔母さんが早く大阪から帰ってくるといいね」

さりげなく声をかけたが、そのとき忠紘は祖母の顔の変化を見届けようと、じっと目を凝らしている自分に気づいた。淑子はゆっくりと口を開く。

「さあ、どうだかね」

「弥生叔母さん、なかなか大阪から帰ってこれないの」

無邪気を装って尋ねる自分を、本当に嫌な奴だと思う。しかしこんなふうに確かめるしかすべはないのだ。

「いや、そんなことじゃないよ」

淑子は首を横に振る。澄んでいるのか濁っているのかよくわからない眼だ。けれどもかたちよく結ばれた唇が、祖母の頭がまだきりりとしていることを示している。

「子どもっていうのはね、年をとると本気で親のことをうとましく思うらしいね。まるで他人を見るような目でこちらを見ることがある。だけどね、親っていうのは違うの。子どもが六十になっても七十になっても、やっぱり子どもなんだよ。どんなにひどいことをされても、三つ四つのいちばん可愛い時と重なる。だけどねえ、そんな自分が後から腹が立ってきてねえ、子どものことを本気で憎もうと思う。そんなこと出来やしないのに、とにかく憎もうなんて馬鹿なことを思ったりして……」

淑子の目が潤んでいる。けれどもそれは涙とはならず、粘っこいヤニとなって目頭に沈殿する。忠紘は枕元のガーゼでやさしく拭ってやった。

「お祖母ちゃん、そんなこと考えるなよ。僕たちがいるじゃないか。あのさ、例えば弥生叔母さんや父さんたちと何かあったとしてもさ、次に僕たちが控えてんだからさ」

「そうだね、本当にそうだね。幸子さんは本当にいい嫁さんだ」

「そう、本当にそう思ってくれる？」

「ああ、房枝から七つも年上だって聞いた時はどうしようかと思ったけど、忠紘ちゃんみたいな甘えん坊にはぴったりかもしれない」

房枝はどうやら幸子の年齢を五つも誤魔化していたようである。やれやれと忠紘は思った。

「まあ、あなたもね、年とった親の気持ちなんて年とってからじゃないとわからないよ。まあ、口惜しいしつらいもんだよ」

「お祖母ちゃん、年をとるって結構大変なものなんだね」

「ああ大変だ。こんなに大変だとは思ってもみなかった。だいいち自分が八十の婆さんになるなんて今も信じられないよ」

淑子は目を閉じる。するとまた下瞼に、涙ともいえないどろりとした液体がたまった。

「お祖母ちゃん」

忠紘は叫ぶ。

「僕がちゃんとするからね。皆に話して、お祖母ちゃんがいちばん幸せになれるように頑張ってみるからさ」

親族会議だと忠紘は思う。もうこうなったら弥生叔母や友文叔父にも来てもらってきちんと話をするべきだ。今のままでいいはずがない。

「あんたたちにはいずれ話そうと思っていたんだよ」

その夜の菊池家の食卓である。話があるから早く帰ってきてくれと忠紘が店に電話した時から、房枝はおおかたのことは予想していたのだろう。弥生の家へ行ったと忠紘が激して言うと、急にねっとりと媚(こ)びるような口調になった。

「だけどねえ、あっちの人たちは理屈が通じるような人たちじゃないから、あんたにどうやってわかってもらおうかと思って考えてたんだよ」

「それって弥生叔母さんも言ってたよ。母さんたちが、信じられないようなことをしたってさ。さあ、どういうことかちゃんと説明してくれよ」

おっとりとした甘ちゃんのようにいわれる忠紘であるが、言うべき時はちゃんと言うのだと肩をいからせる。

「あのね、弥生さんとこはお金が欲しいのよ」

房枝はこんなとき人が必ず浮かべる薄笑いの表情になった。

「ほら、義彦ちゃんを憶(おぼ)えてるだろ。あんたと結構仲がよかった」

弥生のひとり息子の名を口にした。

「あのコはね、成績が悪くてどこも入れなくてね、シンプソンだかウインザーだか、とにかくアメリカのナントカ大学の日本校に入ったんだよ。だけどねその学校がね、おととしつぶれちゃってね、大変だったらしい。そしてね、急いで大金を払えばアメリカの本校へ入れられるっていうんで、弥生さんは大慌(おおあわ)てだった。それで何とか留学させたんだけど、勉強嫌(ぎら)いのコが、アメリカへ行ったからって好きになるわけがないだろう。ろくに勉強もしないで遊びまわっているらしいんだけど、弥生さんはせっせと送金をしてるんだよ。あの頃からだよねえ、お金にやたら汚なくなったのは。もうお祖父ちゃんの土地が欲しくて欲しくて、頭がヘンになったと思うぐらい。あの時は、まだ土地の値段がつり上がってた時だから、五億だとか六億とか聞いてね、本当におかしくなっちゃったんだよ」

それはまだ記憶に新しい。日本中が白昼夢を見ていたような時のことだ。

「友文さんとこもそうだよ。あそこも景気のいい時は、夫婦でハワイにしょっちゅう遊びに行って、あっちでコンドミニアムを買うなんて騒ぎだったけれど、インテリアの仕事なんか、ここにきていっぺんに駄目さ。そうしたら夫婦でぴいちくぱあちく言い始めた。子どものいない夫婦っていうのは、案外お金に汚ないよね。お金しか頼るものがないからだろうね。あっちからこっちから責められて私は生きた心地がしなかった。本当だよ……」

この十年間に起こった親戚たちのドラマに、忠紘は一瞬たじろぐ。けれども波乱万丈ということにかけては、やはりこの家がいちばんだったろう。従弟がアメリカ留学をしたり、叔父の会社が倒産しかかったといっても、それですべてが許されると思ったら間違いだ。

「だったらちゃんと話し合いをすべきだったんじゃないのかい。母さんが起こした金のごたごたに僕たちが巻き込まれてるんだ。事実幸子は、弥生叔母さんたちから計画に加わってると思われて、スーパーで知らん顔されたんだぜ」

「あの弥生さんていうのは、性格が異常だもの」

房枝はこともなげに言う。

「だいたいね、アパートを建てるっていうのはお祖父ちゃんが言い始めたことなのよ。多分銀行の人におだてられたと思うんだけど、相続の本をいろいろ買っててね、借金してアパートを建てとくと、俺が死んだ後も大丈夫だって言い出したのよ。決してこちらから言い出したことじゃないのよ。ねえ、お父さん」

傍にいる保文の方を見る。彼は先ほどから梅の模様のついた湯のみを飲むでもなくいじくりまわしていたが、ああ、そうだともと、しっかりとした声で答えた。

「うちばっかりじゃない。お前だって見ただろ、この街もちょっと大通り抜けると、今まで家だったところがみんなマンションやアパートに変わっているだろう。じいさんが浮足立ったって無理はないさ」

「だけどね、その浮足立ったのが少し遅れたのよ。お祖母ちゃんの具合が悪くなった頃に計画を立て始めたんだけど、その時にはもう景気が悪くなってたのよ。銀行の人が不安がってね、もっとちゃんとした担保が欲しいって言い出した。弥生さんちや友文さんちに担保があるわけないでしょう。すると当然、うちの駅前の店っていうことになる。だったらお祖父ちゃんの遺言で、あの土地が全部お父さんの名義になるのはあたり前じゃないの」

「うちの税理士さんにも入ってもらっていろいろ考えたんだ。もしお祖父ちゃんに何かあったら、あの土地は分けられて元も子もなくなってしまう。後でちゃんと俺がいいようにするから、いっときの法律上のことだっていっても、あいつらはわかってくれない」

「騙(だま)された、財産をひとりじめしたって、大変な騒ぎで耳を貸さないのよ」

「俺も兄弟だから、理を込めて喋ればわかってくれると思ったが駄目だ。弁護士を用意するっていう騒ぎになって、すっかり何もかも嫌になった……」

いつもは口が重い保文が、まるで掛け合いのように房枝と共に喋り始めたのには驚く。おそらくここに来る途中、夫婦でいろいろ打ち合わせをしてきたに違いないと忠紘は思った。

「どうしてそんなに銀行の言いなりになるんだよ。父さんたちも商売やってればわかるだろう。銀行なんていい時だけ、猫(ねこ)なで声を出してやってくるけど、ちょっと風向きが変わればそれこそ手のひらを返すじゃないか。そんな銀行の言うままになって、遺書を書き換えたり、アパートを建てようとするなんて、いったい何を考えてるんだよ」

両親が下手に出ているせいもあるが、忠紘は大声でなじる。握りこぶしでどんとテーブルを叩いた。こんなところを幸子に見てもらいたいと思う。祖父の家に電話がかかってきたのは正午少し過ぎた頃だ。

「今日は美奈の幼稚園の迎え、あんたが行ってよ」

早口で命ぜられた。

「それからさ、五時になったら洋も連れて駅前の喫茶店へ来てよ、私、今日とても夕飯つくる気分にならないから、友だちと一緒に焼肉を食べることにした。あんたも誘ってあげたいけど駄目だよ。そりゃあ、あんたには何の罪もないけれど、私をこんなに怒らせてるのはあんたの両親なんだからね」

子どもたちを指定の場所に連れていった後、忠紘は一人でうどん屋に入り、鴨南ばんを食べた。辛いつゆの中に、やけにやわらかいうどんが浮かんでいた。そのうどんの不味さと中途半端な空腹とが、忠紘の怒りをますますかきたてる。

「父さんたちと叔母さんたちの間に何があったかしらないけど、それを僕たちにまで被せるのはひどいじゃないか。だいいち幸子が可哀想だぜ。何にも知らなくて、なまじ義俠心があるばっかりにお祖母ちゃんの看病を引き受けたんだ。僕なんかろくに手伝いもしないからいろいろ言えないけど、母さんたちまず幸子に謝ってよ。まずそれからだよ」

房枝がにたりと笑った。

「本当にあんたって愛妻家だよ」

その言葉が叔母の弥生と全く同じことに忠紘はぞおっとする。どうして初老の女というのはこれほど似てきてしまうのだろうか。いや房枝の方が腹にいち物もに物もある分だけ、弥生よりはるかに意地の悪い口調だ。口紅をつけていない白く薄い唇が、大きくゆがんだ。

「幸子さんのこととなると、あんたはすぐむきになるんだから」

「あたり前じゃないか。こんなひどい話はないだろう。自分たちは金をめぐって醜い争いをしてさ、それを僕たちには黙ってるんだ。いいかい、母さん。本来なら、お祖母ちゃんの看病は母さんがするのがあたり前なんだよ。それが幸子が引き受けてる。どれだけ感謝してくれても足りないぐらいだよ」

「まあ、あんたまでそんなことを言ってる……」

房枝の目が大きく見開かれた。そんな様子まで叔母の弥生にそっくりだ。

「私がね、お祖母ちゃんにどんな目にあったと思ってるの。お父さんの前だけど、私ははっきり言うわよ。育ちの悪い嫁、いけすかない嫁って、そりゃあひどい仕打ちを受けたもの。私はあの時のことを思い出すと、とてもお祖母ちゃんのところへ近づくことが出来ない。お祖母ちゃんだってそうだと思うよ。あれだけいじめた嫁が傍にいるだけで気分が悪くなると思うもの……」

「わかった、わかった。ストップ」

忠紘は本気で腹を立てている。

「母さんの愚痴は聞き飽きたよ。だけど今さら昔のことを言っても仕方ないだろ。もういろんなことがバレちゃったんだから、ここで皆で話し合いをしてくれよ。お祖母ちゃんの看病をいったいどうするかって、ちゃんと皆で話し合ってよ」

「あんたねえ、ことはそんなに簡単に済む話じゃないの。お金の話にお祖母ちゃんの看病、欲が深い人たちが集まって、こじれにこじれてるんだから、大人の私たちが知恵を絞っても駄目なんだから、あんたが出てきてどうにかなるもんでもないでしょう」

「冗談じゃないぜ、僕はもう三十四歳だよ、この家の長男だ。それに僕と幸子がお祖母ちゃんのめんどうをみてたんだ。当然言う権利はあるよ。ちゃんと話し合いをしてくれなきゃ、幸子はお祖母ちゃんのところへ行かないって言うし、僕もその間ずうっと会社を休まなきゃならない、それでもいいわけ？」

一瞬母親と息子は睨み合った。五年前なら房枝が勝っただろうが、今は目を伏せたのは彼女の方だ。

「わかったわ」

力なく言った。

「お父さんに電話かけてもらう。ちょっと今後のことについて話したいってね……」

「そうしてよ。早い方がいい。僕は明日の夜だっていいよ」

「だけどね、この家を使うのは嫌だからね」

房枝は昂然と頭を上げる。

「あれだけ私のこと、ひどいこと言った弥生さんに、この家の敷居またいでもらいたくないのよ」

「全くもう……」

忠紘は呆れて声が出ない。

「じゃあ、どうすんだよ。弥生叔母さんとこへ皆で行くか」

「おふざけでないよ、来てもらいたくない人の家へ、どうして行かなきゃならないのよ」

「じゃあ、友文叔父さんち」

「あの人んちは横浜のはずれよ。ここから二時間もかかる」

「わかった、わかったよ」

忠紘の喉の奥からやり切れなさが、吐しゃ物のようにこみ上げる。

「じゃあさ、お祖母ちゃんちにしようよ。あそこなら広いし、ゆっくり話も出来るからいいだろう。皆に平等にってことにもなるわけだ。叔母さん、叔父さんにちゃんと電話してよ、夜九時からにすれば来れない人がいないだろう。親族会議っていうのは夜遅くやるらしいからこれでいいんだよ、文句は言わせないよ。絶対に言わせないよ……」

この自分の最後の言葉を幸子にさっそく伝えたのだが、彼女はあまり信用しようとしない。

「本当かね。あんたがそんなに勇気があって頼り甲斐があるとは思えないけどね」

「ひどいなあ。最後はお袋もビビってたんだぜ、僕の見幕にさ。それで叔母さんと叔父さんにすぐ電話してくれた。叔父さんとこはぶうぶう言ってたらしいけど、明日ちゃんと来るみたいだよ」

「へえー、あんたにしちゃ上出来じゃないの」

「だからさ、だからね」

忠紘は寝返りをうつふりをして、幸子のそばにぴったりと体をつける。焼肉をたらふく食べてきたらしい幸子のまわりから、かなりきつくニンニクがにおう。忠紘はそれには構わず、幸子の頰に軽くキスした。

「怒ってるのは本当によくわかるけどさあ、お前のおかげで事態は好転してるわけ。だからさあ、機嫌を直して明日またお祖母ちゃんとこ行ってやってくれないかなあ」

「ふん、そんなことだと思った。ちょっと、その図々しい右手、さっさとどかしてよ」

「ね、ね、今日僕が行ったらさ、お祖母ちゃん淋しがってさ、幸子はどうしたんだって。体を拭いてやろうとしたらさ、明日幸子にやってもらうからいいってそっぽ向くんだ。本当だよ」

「明日の話し合い次第よね。私、本当に怒ってんだからね。この九年の嫁としての私のアイデンティティっていうか、怒りがさ、いっぺんに爆発しちゃったのよ。ちっとやそっとじゃおさまらないからね」

「それはわかってるけどさ。明日の親族会議はお祖母ちゃんとこでやることになってんだからさ、君も出席するわけだからさ、やっぱりお祖母ちゃんとこへ行くわけだし、だからさア」

「ああ、うるさい、何をごちゃごちゃ言ってんのかしら。もう本当にうるさい……」

幸子は眠そうな声を出すが、のんびり喋り始めたのはかなり機嫌がよくなっている証拠である。忠紘は背後からしっかりと幸子を抱いた。きっと幸子は明日元どおり祖母の家へ行ってくれるはずだ。

「愛してるよ、幸子」

つぶやくとそれはこの世でいちばんの真実のように思われた。

好むと好まざるとにかかわらず、忠紘は会社で伝説上の人物となりつつある。それは、

「博多の支店で、すっごい年上の女の人、しかも旦那さんも子どももいる人と大恋愛して結婚した人」

というものである。新入社員が入ってくる季節になると、他の売場から用のあるようなふりをして、若い女の子が二、三人連れ立って忠紘の顔を見にくるのはいつもの

ことだ。けれども忠紘は彼女たちの描く英雄像とはかなりずれてしまうらしい。忠紘の背も顔ものんびりと間のびしたような長さや、年のわりには子どもっぽい喋り方はどうやら彼女たちを失望させるようだ。

「なあんだ、マザコンのお坊ちゃんが、年上の女にひっかかっただけなのね」

などという声を人づてに聞いたことがある。そんな時、忠紘は笑ってやり過ごすだけだ。他人から見れば自分たち夫婦は、確かにありきたりの図式にしかとらえられないだろう。けれどもひとつだけ言わせてもらえば、普通の男がひとまわり年上の人妻と結婚までたどりつくには、膨大なエネルギーと情熱が必要なのだ。忠紘はスポーツが苦手なのでうまく表現出来ないのであるが、三十年間ラグビーや相撲をやりおおせた人（そんな人がいるかどうかわからぬが）が、自分の人生を振り返る時、やはり自分のように徒労感と、「よくやった」という自賛の思いにとらわれるのではあるまいか。

本当にあの時の自分はよくやった。あのねばり強さと、不屈の精神！　忠紘が賭け、そして得ようとしたものは幸子と腹の中の子どもではなかった。

「もういいよ、わかった。私、あんたのことあきらめるよ」

とつぶやいた幸子に、忠紘はほんの少し涙ぐんで言ったものだ。

「いま君と別れたら、僕は永遠に今までの僕だよ、絶対に変われないよ。もうこれからは自分のために頑張るからさ、君は僕を信じて見ててよ」

あれから九年たった。忠紘はおそらく外見上は、いかにもお坊ちゃま然とした、おっとりした男だろう。けれども心の中に小さな火が燃えている。その種火を忠紘にもたらしたのは幸子であるが、それを消すことなく燃やし続けたのは彼自身なのだ。

そんなことは人には言いやしない。見せることもない。しかし今日のように母親を怒鳴り、妻を抱きすくめる夜は、自分の内部にポッと青白い火が点火されたような気がする。

「そうだよ、何だって出来る」

忠紘は眉を寄せ、過ぎ去った日々を思い出そうと心を集中させる。けれどもそんなことをしなくても、彼のお気に入りの場面は次々とスタンバイなしで飛び出してくる。やはりあれは忠紘にとって「栄光の歴史」なのだ。

十一年前の春、大手のデパートに入社した忠紘が受け取った辞令は、博多の開店準備室へ行けというものであった。左前になった土地の老舗のデパートと合併、リニューアルするために、既に本部からかなりの人数が福岡入りしていたのだ。当時いろいろな噂があった。新入社員でも優秀な者はすぐに本店の売場に立たせる。いや、もっと将来性のある者は社長室へ入れるのだと同期の者たちがあれこれささやく中、博多へ行くというのは、どの対象にもならなかった。開店準備室へ行く新入社員は忠紘ひとりだったので、判断することが出来ないのだ、というより無視されたといった方が正しいかもしれない。

九州へ行くのも初めてだったし、ひとり暮らしも初めてだった。五年前組合の旅行で別府へ行ったことのある保文は、

「やたら温泉があって暖かいところだぞ」

などととんちんかんなことを口にし、それも忠紘を不安がらせた。

ところが博多に着いてみると東京とまるで変わらない。開店準備室は天神のビルの中にあったが、通りを歩いていると丸の内に居るのではないかと錯覚したほどだ。会社が電車ですぐのところにマンションを借りてくれていた。一人にしてはもったいないほどの2DKの広さだ。しかし、

「のっけから博多に赴任なんて運がいいな」

と準備室の先輩から声をかけられたが意味もわからない。だいいち飯をどうやって炊けというのだ。

母親の不味い料理さえ懐かしいと思った。房枝は少なくとも朝飯と夕飯はきちんと

料理してくれていたし、学校を卒業したばかりの忠紘は外食する機会も少なく、母親の料理のレベルを把握していなかった頃だ。

普通だったら先輩社員が手取り足取り、博多の馴じみの店を教えてくれるのであるが、開店を前にした準備室は半徹夜の日々が続く。夕飯は出前の玉子丼で過ごすことが多い。トリ肉が苦手な忠紘は、丼ものはたいてい玉子丼だ。カツ丼は騒々しくて好きになれなかった。その日も白に藍の竹模様の蓋をそろそろと開けたとたん、後ろから声がかかった。

「なんね、菊池さん、また玉子丼ね。夜食は五百円まで会社持ちよ。あんたみたいな若い人は、こういう時は高いもん頼まんと損するよ」

それが幸子であった。皆から「内藤サン」と呼ばれていたが、その「サン」は他の女子社員「さん」とはあきらかに違う。それは幸子が三十五歳のパートの女性だということに由縁していた。小柄な体つきとくりくりした目は年よりも若く見えたが、誰かれとなく冗談を投げかけ、長いお喋りに発展するさまはやはり「内藤サン」なのだ。

その頃内藤サンと呼ばれていた幸子は、忠紘を長浜の屋台に誘ってくれるようになった。彼女の贔屓は、「さっちゃん」という大きなのれんがかかった店だ。自分の名前と同じだからよく通うと幸子は説明した。

まだ口開けの早い時間、彼女はカウンターに腰かけるなり叫ぶ。

「おかあさーん、ビールに焼きトン、鯨のベーコンね。それからポテトサラダもちょっと盛ってえな」

化粧っ気の全くない中年女が、はいよと銀歯を見せて、奥へ引っ込んだ隙に、幸子は大変な重大ごとを打ち明けるようにささやいた。

「あのね、この店、刺身は食べん方がいいよ。ガラスケースに入ってるけどあんまり新しくない。私、料理屋の娘だったから刺身には結構うるさいんよ。ここで食べるのは焼きトン、それから後でラーメン！」

「内藤サンは、よくここに来るんですか」

忠紘はあたりを珍しげに見渡す。東京で屋台といえばラーメンかおでんで、それも単品を供するが、博多は違う。焼きトリもあればトンカツもある。ガラスケースの魚の豊富さはまるで鮨屋と見間違うばかりだ。

「そんなにしょっちゅうは来ないよ。私、これでもちゃんとした奥さんだから、毎晩亭主と娘の夕ごはんつくらなきゃならないもの」

「そりゃ、そうですよね」

「だけどね、週に一回ぐらいは友だち誘ってくるかもしれんね。今の亭主と仲よかった頃は、結構二人で飲んだよ。私はね、基本的にさ、お酒飲むのが好きだから」

「そうですか……」

忠紘は幸子の横顔に何気なく目をやる。年のわりには小皺が少なく、よく動く目がちょっと可愛いと思った。とても小柄なので、のっぽの忠紘の傍に座ると幼な気に見え、とても十二歳年上には見えない。しかしビールのコップを手にしたとたん、幸子の様相が変わった。飲み方が豪快なのだ。喉仏をここまで人目にさらしていいのだろうかと思うほど後ろにのけぞる。そして「あぁ、おいしい」と唇の端の泡をふいてにっこりと笑った。忠紘は圧倒されてなかなか言葉が出てこない。

「内藤サンて……、酒豪ですね……」

「酒豪だなんて。博多の女は誰だってこのくらい飲むよねえ。ねえ、おかあさん」

おかあさんと呼ばれた屋台の女主人は、にこりともしないで言う。

「だけどこの人は特別。底無しに飲むけど、すぐにしゃんとして家に帰るからすごかァ。ラーメンだっておかわりするものねぇ」

「そんなこつなかよ。ラーメンはいつも一杯」

「いや、いや、あんたは二杯食べる」

忠紘は目を見張って二人の女のやりとりを聞いていた。この時はまだ〝もの珍しい〃という気持ちだったろうか。

　最後に運ばれてきたラーメンを残さずすすりながら、幸子は自分がいかに本が好きか説明した。

「だから菊池さんが来てくれたの嬉しかったよ。今まで東京から来た人って、法学部とか経済学部出た人ばっかりで、本なんか読んでいそうもないもの」

「そうだねえ……」

　忠紘はまわりの先輩たちをひとりひとり思いうかべる。まだ自分が新入社員ということもあるが、彼らはまるで別の人種のようだ。電話で業者を怒鳴るのが楽しくて楽しくてたまらないように大声で喋る。

「俺がさ、どんなにいいかげん、っていうことが嫌いな男か知らないわけじゃないだろ、えっ!?」

　そうかと思うと、野卑な笑い声を混じえて昨夜の中洲での出来ごとをひやかしたりする。電話ばかりではない、出入りの人間をも彼らはこのうえなく面白いおもちゃのように扱うのだ。開店の日が近づいてきていることもあり、東京から広告代理店の人間たちもよく顔を出すようになった。会議室だけでは足りず、部屋の応接セットでしょっちゅう打ち合わせが行なわれるのだが、その騒々しさ、テンポの早さは忠紘を圧倒するには十分であった。

　気がつくといつのまにか忠紘は、エネルギッシュな仕事の渦の中からとり残されたような格好になっている。どう考えても戦力としてはみてもらえないようで、業者との連絡係といった半端仕事が多い。パートタイマーの幸子とこんな風に心が寄り添うというのは、考えてみると不甲斐ない話かもしれなかった。

「菊池さん、いいよねえ。あんないい大学の文学部だったら、先生も一流だし、いい講義をいっぱい聞けたよねえ」

　こんな風に無邪気な賞賛の目を投げかけられると、忠紘はほんの少し救われたような気分になる。

「うーん、僕はあんまり熱心な学生じゃなかったから、今思うともったいないような先生がいっぱいいたかな。時々テレビの教養講座なんか見てると、知ってる顔がいっぱい出てくる。あの頃はライブで聞けたのに惜しいことをしたよね」

「ライブだって、うまいことを言うね」

　音をたててラーメンのつゆを飲んだ後、幸子は再び大切な打ち明け話をするように顔を近づけた。

「あのね、私、おたくの出た大学の文学部、本当は進むはずだったんだよ」

「ほう……」

いささか鼻白む。普段は表に出すことはないが、忠紘とてそれなりのプライドは持っているのだ。

「あら、本当だよ。高校の時の業者テストで、私はかなり確実だったんだもの」

忠紘の様子に気づいて幸子は鼻をふくらませる。

「私はね、東京の大学へ行って出版社に就職するのが夢だったんだもの」

むきになる幸子は再び少女のような表情だ。

「だけどさ、うちの母親が絶対に東京へ出さないって頑張ってさ。私、泣いたんだけど仕方ないよね、あの頃父親がぽっくり死んじゃったから」

「ふーん」

どうしてこの女の身の上話を聞かなくてはならないのだろうかという考えが一瞬頭をかすめたが、忠紘は親身になって頷（うなず）いてしまう。学生時代から女の子に何か相談されると、信頼された嬉しさのあまり、熱心そうな深刻な顔になるのが忠紘の癖だ。

「まあ、父親っていってもさ、私、籍に入ってたわけでもないし、めったに顔を合わせるわけでもなかったけど」

しかし幸子の打ち明け話は、同級生の女の子のそれとはかなり様子が違い、忠紘は面くらってしまった。

「うちの母親、コレだったのよ、コレ」

幸子は小指をつき立て、忠紘はどぎまぎしてしまう。今まで目前でこんな下品なしぐさを見たことがなかった。

「私の父親、この博多じゃかなり有名な建築屋だったんよ。ねえ、おかあさん」

「ああ、そうたい。私ぐらいの年の者だったらみんな知ってる。県議会に二回出て、二回落っこった。あんなに派手に金を使っし、どうして落ちたんかは、今でも博多の七不思議たい」

「おかあさん、余計なことを言わなくてもよかよ」

幸子はくっくっと笑い、ビールのコップに手を伸ばした。なるほど本当に酒が好きらしい。ラーメンを食べながら、まるで水のようにビールを流し込む。

「うちの母親、父親にちょっとした料亭を出してもらっててさ、私もまあまあのお嬢っていう暮らしだったんだけど、父親が死んだとたん本妻が店を返せの何のって、大騒ぎがあったんだよ。まあちょっとはお金もらったらしいんだけど、私らいっぺんに可哀想（かわいそう）な母子家庭よ。とても東京の大学どころじゃなくて、私は地元の短大になったわけ」

「ふうーん」

　忠紘は何と答えていいものか迷う。こんな話をじかに聞くのは、とにかく初めての経験なのだ。しかし何か言わないわけにはいかないだろう。

「内藤さんって……、波乱万丈の人生だったんですねえ……」

「波乱万丈だって、うへーッ」

　この言葉は思いがけず幸子を喜ばせる結果になった。

「私はね、高校卒業の時のアルバムに『波乱万丈の人生をおくりたい』って書いたんだよ。だけどさ、人間そんなに思うとおりにいかないよねえ。その後は平凡な結婚をしてさ、今じゃ普通のおばさんたいね」

「あの、内藤さんは普通のおばさんじゃないと思うけど……」

　忠紘は本当にそう思ったのであるが、

「うまいこと言いよるわ、東京の若い男はさ」

　幸子にどんと背中をどつかれた。小柄な彼女のどこにこれほどの力が隠されているかと思うほどの強さだ。忠紘の手にしていたラーメン丼が揺れ、つゆがびちゃびちゃとこぼれたほどだ。しかしもちろん幸子は嬉しくてたまらないように頰がゆるんでいる。

「ねえ、菊池さん、うちでちょっと飲み直そうよ」

「え、そんなァ。だってご主人が帰ってくるし、お子さんだっているんでしょう」

「平気だよォ、うちのダンナも子どもも、こういうのは慣れてるからさ」

「行っておあげよ、あんた」

女主人がラーメンの丼を片づけながら、忠紘に笑いかけた。

「この人はね、酔って機嫌よくなると、一軒じゃすまなくなるんよね。あんたね、酒飲みを途中で切り上げさしちゃ駄目(だめ)たい」

そう言われてみれば忠紘もこのまま屋台で別れるのが淋(さび)しい気がした。ひとり暮らしのマンションに帰ってみても、冷たいベッドとテレビが待っているだけだ。このまま酔いとラーメンの満足感を保ったまま、よその家の茶の間に座るのも楽しいと思う。それに酔いのように好奇心もゆっくりと体をまわっていく。幸子の夫という男を見てみたいような気がしてきたのだ。

忠紘が返事をしぶっている間に幸子は近づいてくるタクシーをさっさと止め、「早く、早く」と忠紘を手招きした。つられて座席に倒れ込むように座ると、幸子の体が既にそこにあった。ぴったりと膝(ひざ)をくっつりてシートに身を沈めると、暖かい女の体温が伝わってくる。それはとまどいや性欲よりも安らぎを忠紘にもたらした。

「いいなあ、こんなの」

幸子の家に着き、ダイニングテーブルに腰をおろした時も、忠紘はまたつぶやいた。

「いいなあ、こんなの」

ごく普通のマンションであるが、壁面が工夫されてかなり大きなつくりつけの棚があある。そこに何冊かの新刊書や犬の陶器などが置かれていた。整然とは言い難いが、暖かく知的な空気が伝わってくる家だ。新刊書の背表紙の中には、忠紘も手にしたことがない先鋭的な作家の名が含まれている。幸子の読書好きは本当らしい。冷蔵庫からビールを出し、「さあ、飲むよオ」と叫ぶ彼女の横顔を忠紘は見つめ直す。

そこに「のっそり」という感じで、少女が顔を出した。母親が小柄なのに少女はタテも横も大きい。度の強そうな眼鏡をかけているのも、野暮ったさに拍車をかけている。

「たい子って言うのよ」

「鯛子？」

「嫌だぁ、平林たい子の〝たい子〟よ。私ね、あの頃平林たい子の大ファンだったたから、ちょっと戴いたっていうわけ。苗字と合わないいだの、おばさんっぽいとか、今もさんざん文句言われるもんね」

少女はそんな風な紹介にも、母親の不音の客にも慣れているらしく、「いらっしゃい」と素直に頭を下げた。その素直さがいじらしい感じがした。

「たい子、あんた、お腹空いてるだろ」

「うん、まあね」

「じゃ、冷蔵庫の中に豚肉があるから、トンカツ揚げてやるよ。トンカツ、好きだろ」

「うん」

幸子はかなり酔っているにもかかわらず、気軽に台所に立つ。鍋やボウルを動かす音が聞こえ始めた。たい子は忠紘の前に座り、テレビのスイッチを入れた。時間を見計って来たらしく、ちょうどドラマのタイトルが流れた。たい子は目の前の男など全く存在しないかのように、画面に見入っている。居たたまれなくなったのは忠紘の方だ。

「たい子ちゃんって、幾つなの」

「中一です」

「ふうん、勉強面白い」

「別にィ、まあまあ」

「あのさ、こう見えてもたい子って、優等生なんだよ。私の血をひいてると思うんだけど、努力家でよく勉強するよ」

油のはじける音に負けまいと、幸子が大声をあげる。

「ねえ、菊池さん、あんた時々、たい子の勉強みてやってよ。このコ、塾（じゅく）とかは嫌いであんまりいかんものね」

「それは、ちょっと無理だと思うなあ」

今日はある偶然からたまたま早く会社を出たのだが、開店日が近づくにつれ職場は次第に殺気立ってきている。家庭教師をするようなのんびりした状況ではない。

「そりゃあ忙しいのはわかるけどさ、日曜日だけでもちょっといいじゃないの。うちでさ、晩ご飯食べるついでに、ね、ね」

「だけどこの頃は日曜日も出ることも多いしィ……」

忠紘の返事を最後まで聞かず、幸子は台所から出てきた。手には揚げたてのトンカツの皿を持っている。キャベツとトマトが添えられていかにもうまそうだ。

「たい子ちゃん、よかったねぇ。このお兄ちゃんはうんと頭いいし、このあいだまで大学生だった人だ。何でも聞けるよ。嬉しいだろ」

「うん」

画面から目を離さずたい子は頷いた。

たい子は左ききであった。しかも中指をはさまない持ち方で箸を使う。だから彼女がトンカツを頬張り始めると、ぎこちない、何とはなしにいじらしい雰囲気が漂うのだ。

やがてドアが開いて、幸子の夫の内藤が帰ってきた。妻の印象から忠紘は、内藤のことを痩せたおとなしい男だと想像していたのであるが、実際の彼はがっしりした体つきに、よく動く目と口を持っていた。

「やあ、いつも女房がお世話になってますなあ」

挨拶する様子も如才ない。ポケベルを扱う会社の営業マンをしているということであった。

「この人はねぇ、福岡大学でラグビーをやりとったんよ」

幸子が愚痴とも惚気ともつかぬ口調で喋り始める。

「福岡大学たらね、東京の人は知らんかもしれんけど、地元じゃかなり評判がいいのよ。そりゃあ九州大学に較べたらナンだけど、九大はお高くて好かんっていう女も多いんよ。この人はね、福大のラグビー部でかなりの有名人だった。だからね、結婚したんだけど今じゃ、ただのおっさん」

「菊池さん、でしたよね。まあ、一杯いきましょう」

内藤も妻のこんな言い方に慣れているらしく、全く無視して忠紘にビールを注ぐ。だがかなり空腹だったらしく、一杯のビールをぐいと呑み干すとトンカツに箸を伸ばした。いかにも元運動選手の食べっぷりで、飯茶碗もたちまち空にしてしまう。父親と娘が黙々と夕飯を食べている傍で、その家の主婦とビールを飲んでいるのもおかしな光景だ。

「この人ったらさあ……」

幸子はほうれん草のおひたしに醤油をかけ、それを夫にすすめた。

「汚ないやり方を使うんだよね。大学を出たらすぐに東京へ行く、あっちで就職するなんて言ってたくせに、まるっきりそんな気ないの。何か言うと、俺は博多男たい、なんて気取っちゃってさァ」

「女房はいつもああなんですよ。俺と結婚したせいで、東京へ行けなかったってすぐに言い出すんだ」

内藤は〝おかわり〟と幸子に茶碗を差し出した。彼は右ききであるが、箸の持ち方は娘にそっくりだ。

「だってそうじゃない。私はあんたが東京へ行ってくれるもんだとばっかり思って結婚したのに、約束がまるっきり違うんだもん。嫌になるよね。ああ、菊池さん、あんたもビール注いでよ。もっと飲もうよ」

十一年前の出来事なのに、今でもはっきり思い出すことが出来る。あの時感じた、幸子の夫への居心地の悪さ、そのいき先を忠紘は知らなかった。

その夜から忠紘と内藤家のつき合いが始まった。日曜日だけではない、たまたま早く会社を出られそうな時は電話をすると、幸子が夕食を用意して待っていてくれる。

「菊池さん、あんたもっと食べなきゃいけんよ。痩せてるから顔がますます長く見えるんよ」

などと言いづらいことを口にしながら、魚を焼いてくれたり、煮物を温めたりしてくれる。内藤は居た時もあったし、居ない時もあった。家に居る時はたいていソファにもたれかかってテレビを見ていたが、忠紘が来ても嫌な顔ひとつしない。

「やあ、たい子のこつ、いつも悪いですねぇ」

と礼さえ言う。娘のたい子の勉強をみにきてくれているのだと信じているのだ。

夫の内藤がもう少し自分と幸子とのことに用心深くなっていたら、あのようなことにはならなかったのではないかと忠紘は今でも思うことがある。

彼の妻と忠紘は、あまりの無警戒ぶりに、ちょうど遊びのように先へ先へと進んでいった。自分の心にも、相手にもタカをくくっていた。川の深い瀬に入りたがり、そして何かあったらすぐに引き返そうと身構えているザリガニ取りの少年、それがあの頃の忠紘だ。幸子は幸子で、相手をからかおうとするあまり、次第に大胆になっていった。酔っぱらった幸子が、ふざけて忠紘にキスをしたことがある。

「あんたは、私の弟みたいなもんやからね」

いくつもの言いわけと冗談が何カ月の間に積み重なり、おとといよりも、昨日よりもはるかに高くなっている台の上で、それに気づかずじゃれ合っているうち、不意に上のものに手が届いてしまった。それが夏の午後のことだ。

二日間だけとれた休暇を忠紘は東京に帰らず、佐賀へドライブすることにした。以前から有名な陶器の里を見たかったのだ。幸子はレンタカーを借りるともったいないと言って、内藤の車を待ち合わせ場所まで自分で運転してきた。あまり掃除のしていないカローラだったので、忠紘もそう深く考えずにハンドルを握った。

「忠ちゃん、あんた意外と運転うまかねえ」

「あたり前だよ。これでもさ、一応シティボーイだから」

「ひゃあ、こんなにうまいと思わなかったわァ」

国道を走っている最中だ。幸子は不意に意地の悪い声をたてる。

「でもあんなとこ、ぴゅうっと入れんやろ」

彼女の視線の先にモーテルがあった。この種の建物にしては地味なコンクリートづくりで、ガレージ口の巨大なビニールのれんの赤だけがまぶしい。

忠紘は一瞬むっとし、その勢いでハンドルを切った。車は音をたててのれんに突進していった。

初めて幸子と結ばれた時、忠紘は二十三歳の男だったら誰でも考えることを考えた。

「これは遊びなんだ。気にすることはない」

幸子も身づくろいをしながら何度も言ったものだ。

「私が誘ったことたい。あんた、みんな忘れてよかよ。なんも気にすることはなかよ」

本当にそのとおりだと思い、忠紘の中で若い狡猾さが獣のように頭をもたげた。

「気にすることがないんだったら、もう二、三回ぐらいいいんじゃないだろうか」

そして次は忠紘が誘って、幸子は抵抗せずについてきた。けれどもきっぱりとした口調で言う。

「何回もしてる、と思うたら困るよ。結婚してからこんなことしたんは、あんたが初めてなんだからね。あんたのこと好きだから、こんな悪かことしてるんだからね」

「わかってる、わかってるってば」

忠紘はそんな前置きの確認よりも、服を脱がせる方が忙しかった。幸子のからだは白くやわらかく、すっぽりと忠紘をつつむ。それまでたいした数ではないが、若い女の子とも経験している。けれど幸子とは比較にならない。

若い忠紘に気を使いながら、しかも性急にならぬようになだめ、最後にたっぷりと満ち足りたものを与えてくれる。その最中も、終わってからも、忠紘は何度もほうーっと深いため息をついた。決して飽きることのないものを手に入れた充足感だ。後に母親の房枝は泣きながら言ったものだ。

「あんたはね、ニクヨクに溺(おぼ)れているのよ！」

ニクヨク、それが肉欲だと理解するまでにかなりの時間がかかった。ニクヨク、と自分の口の中で舌を使わずにつぶやいた後、その言葉はとてもやわらかいと思った。入浴という言葉にも似ている。どっぷりと浸って暖かく離れがたいものがニクヨクならば、幸子と自分とのそれは確かにニクヨクなのだ。幸子は一日おきに忠紘のマンションに通うようになった。そうなると忠紘が内藤家へ行く必然性はなくなってしまう。どうやって取り繕おうかと考え、もしかすると内藤は気づき始めたのではないかと疑い出した頃、店はオープンにこぎつけ、忠紘に辞令が下った。東京本社に戻れというのだ。

　解放感がなかったといったら嘘になる。幸子と別れるのはもちろんつらいが、彼女と結婚出来るわけでもないのだ。この博多での一年間は、きっと自分の一生のいい思い出になるだろう。幸子という教師によって、自分は女についてさまざまなことを学んだのだ、感謝しなくてはならない……などと冷静な結論を下した忠紘は、自分の心も、そして幸子をもナメきっていたのだ。

　東京へ帰った忠紘を襲ったものは、どうしようもない虚脱感であった。あたりの風景も人の声も自分とかかわりなく通り過ぎていく。そして一年前と全く同じ生活が始まった。朝は目覚まし時計で起き、房枝がつくってくれた塩辛い目玉焼きを食べ、必ず冷めて出されるコーヒーを飲み干した。新たに配属されたところは呉服売場であったが、何が何だか少しもわからない。符丁どころか、袷や単衣といった基礎的な言葉も理解出来ず、もっと勉強しろと上役に叱られた。

　つくづく幸子が恋しいと思った。彼女を愛し、何度も抱いた博多でのあの日々こそが、自分の本当の人生だった。しかしあれをもう一度手に入れることは出来ない。そんなことが可能なのは、よほど幸運で強靭な精神を持っている人だけだ。

　あきらめなくてはいけないと何度も言い聞かせるために、忠紘は幸子を悪者に仕立てようとさえした。

「ちょっと浮気なおばさんの相手をしてやっただけじゃないか」

「まとわりつかれなくてよかったぜ。後腐れなくうまくいってさ」

しかしそんな言葉を浮かべれば浮かべるほど、忠紘はたまらないほど自分が卑しい人間になったような気がした。知らぬ間に幸子を自分はおとしめている、そのことをわびたいと思う。そうしなくては自分が救われない。

何度も迷った揚句、ある夜、長距離電話をかけた。たい子が出た。

「あ、菊池のおニイちゃんだ」

彼女の後ろで誰かが受話器をもぎとる気配がした。幸子にきまっている。忠紘はひと呼吸おいて言った。

「会いたいんだ」

「ああ、菊池さん、久しぶりやねぇ」

おそらく内藤やたい子を気にしてのことだろう。受話器を娘からもぎ取ったのとは裏腹に、幸子はのんびりした声を出そうと努力しているようだ。

「東京に帰ってからも、君のことばかり考えてるよ。頭がおかしくなりそうだよ」

「うちとこもねえ、主人やたい子と噂してたんよ。菊池さん、どうしてるかってねぇ。

そお、元気そうでよかったわあ」

「本当に君のことが好きだってよおくわかった」

「東京はどう、私はね、開店準備室があの後なくなったから、別のところでパートに出とるわ。えーとね、スーパーのカメラショップで現像の受け付けしとるとよ」

この女、なんてうまく芝居をするのだと、忠紘は次第に加虐(かぎゃく)的な気持ちになった。

「ねえ、会ってくれよ。会ってくれなきゃ、ご主人にみんな喋っちゃうよ」

「あのね、もしかすると私、来月東京へ行くかもしれん」

相変わらずひとり芝居ののんびりした声を続けながら、幸子は唐突に重大なことを口にした。

「うちのスーパーの二十周年の懸賞、特賞はグアム旅行なんだけど、一等は東京コマ劇場一泊二日ご招待なんよ。本当はいけないんだけどさ、ボーナス代わりにカメラショップの店長が一人分私にまわしてくれるんよ。私がね、鳥羽(とば)一郎の大ファンっていうのを知ってるから、特別ちゅうてね」

「じゃあ、会えるんだね」

「だけど当選したおばさんたちのグループのめんどうをみるっちゅう約束だからどうなるかわからんけど、もし会えたら晩ご飯でもおごってぇな。私、東京ちゅうたら何も知らん。昔、タイガースのコンサート聞きに行ったぐらいだもん。私、わりと渋好みでピーのファンだったんよ。みんなジュリー、ジュリーって騒いでたけど、ピーだったら競争率が低いからいいかもしれん、って思ったのがきっかけよ。考えてみたら競争率が低いんが私と何の関係あったんやろね」

　全くそうだ。鳥羽一郎やピーとかいう男が自分たちとどんな関係があるのかと、忠紘は怒鳴りたくなった。

「じゃあ、東京着いて、もし時間あったら電話するけんね。お父さんやお母さんによろしくね」

　最後まで呑気にやさしい声で答えていた幸子であったが、一カ月後に上京し忠紘と二人きりになったとたん血相を変えて怒り出した。

「全くあんたって何を考えてんの。すぐ隣りでうちの人と娘がテレビ見てんのよ。それなのに会ってくれなきゃ関係をバラすとかエラそうに言っちゃって。あんた、ちょっとテレビドラマの見過ぎと違う。私がさ、演技派だから何くわぬ顔で応対出来たけどさ、普通なら困って泣いちゃうよ」

「だって、あんたがなかなか会ってくれないからだよ」

　忠紘はこの時、単に唇をゆがめただけのつもりだったのだが、

「また、ベソをかいて……」

幸子は呆れたように言い、そっと近づいてきた。久しぶりの唇は夏という季節のせいか少し湿っているようだと思ったとたん、忠紘の中でオレンジ色のやわらかいものが爆発した。何の手順も口説きもなく、幸子は元どおり忠紘の自由になった。

「今日はこのホテル泊まってくわ……」

寝息に変わるまぎわの、たどたどしい声でいう。

「宿舎があるんだろ。鳥羽一郎ツアーご一行の」

「あんなんは夫の手前嘘ついただけやん。私、鳥羽一郎って大嫌いなん……」

結局次の日も、幸子は忠紘が用意したホテルに泊まることになった。

「構わんたい。コマ劇場の鳥羽一郎公演を観てたおばさん、田川市の伊藤マキ子さんっていう五十二歳のおばさんが腹痛起こして、私が病院に付き添ったことにすればいいたい」

「全くすげえ嘘つきだよなあ。よくもまあ、そんだけぺらぺらすぐに出てくるよ」

「私みたいにか弱い女は、嘘でもつかんととても生きていけんもん」

肩をすくめるしぐさが可愛くて、忠紘はまた幸子を抱きすくめる。抱けば抱くほど幸子は小さく、若くなっていくようだ。ぽんぽん口から出る毒舌にももう驚かなくなった。それどころか世界中探してもこんなに面白く手ごたえのある女はいないような気がする。

「好きだよ、幸子」

だからいつのまにか名前を呼び捨てにしていた。

「私も好きたい」

子どもを産んだわりには、形のよい裸の胸を上下させながら、幸子はつぶやく。そのつぶやきが小さいので、忠紘は自分の耳をぴったり幸子の口元に重ねなくてはならなかった。

「あんね、私はずっとあんたを待っとったんよ。あんたは知らんかったかもしれんけど、私はあんたを待っとったんよ……」

「嘘だ……」

「本当たい。あんね、私、あの街大嫌いなん。生まれた時から博多が大嫌い。みんな私のこつ知ってる。私が妾(めかけ)の子で、お父さんが誰かも知ってる。そいでも明るくて元気なふりしなきゃならんてつらかよ。あの街を出ていけるなら何でもするつもりやった。だから結婚もしたんよ。なのにやっぱりあの街に住んでるの、私。情けないけどそいでも私はずうっと待ったんやからね、あんたが来て……、それから」

「それから？」

「それから私を連れ出してくれるのを……」

最後はため息のようになりほとんど聞きとれない。耳を近づけ振動だけで聞き取ったその言葉は、忠紘に深い感動と衝撃をもたらした。

「幸子、一緒になろう」

小さく叫んだ。

「もう僕たちは離れられないんだよ。僕も勇気を出すから幸子も出してくれよ」

「そんなの嘘たい」

今度は唇がはっきりと笑うために揺れた。

「今言ったのはみんな嘘たい。あんたとのことはこれで終わり。そんために私はここに来たんやから。もういいよ、あんたがそこまで言ってくれればもういいよ。私は明日博多帰るよ、ありがと、ありがとうねぇ」

なんと幸子は泣いているのだった。

わけのわからぬ恐怖に襲われて忠紘は叫んだ。

「駄目(だめ)だよ、絶対に駄目だよ」

「これっきりにするなんて絶対に駄目だ。僕たちは絶対に離れられないんだから」

「そりゃあ、そうだけど……」

「いま幸子は僕のこと、ずっと待ってたって言ったじゃないか、そのとおりだよ。このまま博多帰ったら、元の生活が待ってるだけだよ。それでもいいの、それで我慢出来るの」

　今思い出すと冷や汗が出るような言葉を、百も二百も必死で口にし、そして幸子を抱きしめた。

　結局幸子は東京にあと二泊することになった。

「田川市の伊藤マキ子さんが……」

　ふざけて忠紘は言ったものだ。

「盲腸こじらしていたことがわかって、大急ぎで手術することになったんだろ」

「まあ、あんたって嘘つきねぇ」

　幸子はむっと頰をふくらませる。

「私と同じくらい嘘つきだよ。だって私がうちに電話して言ったことと同じこと言うんだもの」

　二人は腹をかかえて笑った。が、これ以降「田川市の伊藤マキ子さん」は、二人の間の符丁になり、さまざまな言いわけとなった。これから半月後、幸子はもう一度上

京する。それは、

「伊藤マキ子さんにすっかり頼られて、退院のめんどうをみなきゃならなくなった」

という名目によるものだ。

「だけど今度はうちの人、なんだか感づいているみたいなの。その伊藤マキ子さんの家族はどうしてるんだ、なんて急に言いだすんだよ」

しかし幸子の夫の内藤よりも先に、二人の仲に気づいた人物がいた。それが房枝であった。

「博多の内藤さんっていったら、あんたがさんざんお世話になったうちでしょう。あなたから言われて、うちから甘納豆の詰め合わせを送ったこともあるわよね。あそこの奥さんでしょう、内藤さんって。どうしてあそこの奥さんから電話がかかると、あんたはいそいそと出かけて、三日も四日も帰ってこないの。友人のところへ泊まるなんて見えすいた嘘をついて。ねぇ、本当のことをおっしゃいよ」

いくらでもうまく言い逃れることは出来た。打ち明けるとしてもあまりにも時期尚早(しょうそう)だった。それなのに忠紘は、まるで初めて母親に反抗する少年のような勇気と得意さを持ち、母親に向かって言ったのだ。

「あの人と僕は愛し合っている。本気なんだ。結婚するつもりだからよろしくね」

房枝の顔が驚きと怒りのあまり白くなっていくのを見たとたん、忠紘の中で不思議な快感がわき起こる。こんなにたやすく母親に対し〝勝ち誇った気分〟を持てるとは思わなかった。

しかし房枝がそのまま引き下がるはずはなかった。あの時忠紘は、以前房枝に頼んで内藤家へ甘納豆を送らせたことをどれほど後悔しただろうか。内藤家の住所と電話番号は既に母親の掌中にあったのだ。

まず定石どおり、房枝は幸子を脅したらしい。こんなことを続けていると、いつかご主人に言いつけますよと言ったのだが、幸子は最後までひるまなかった。

「あんたのお母さんって、本当にぞっとするような声だよねぇ。あの声で責められれば、たいていの人がゴメンナサイって謝るだろうけど、私はどうぞご自由にって言ってやったもんね。もう私を頭っから、大切な息子を騙（だま）したあばずれって決めてかかるもんね。ああ怖（おそろ）しかあー」

勤務先のデパートの売場に、興奮した幸子から電話がかかってきたことがある。しかしその幸子にしても、房枝が本当に夫の内藤に電話をするとは想像しなかったらしい。

その日から半年におけるさまざまな出来事を、今でも忠紘は時折思い出す。もちろん取り出す記憶は、真夜中の内藤からの怒りの声や、腫れきった頬の幸子といったものではなく、激情にかられて抱き合う再会の時の二人、アパートを借りた日に幸子が飾ったスイトピーといった美しく心地よいものだけだ。あまりにもめまぐるしく劇的な歳月というのは、しっかりと記憶を選別する能力を人に与えるようである。

結局、房枝の電話がきっかけとなり幸子は家を出ることになった。しばらく二人で安いホテルを転々とした後、千葉の方にアパートを借りた。二十四歳にして忠紘は、

「年上の人妻と駆け落ち、同棲」

という、友人の誰もがなしえなかった大イベントを決行したのだ。この頃、母親の房枝が急におとなしくなったのは、不思議といえばなんとも不思議であるが、どうやら世間体をはばかったらしい。遠い博多の地に向けて脅しや泣きごとで責めるならともかく、忠紘の東京の上司に相談する、というのは息子の将来にかかわる。当時息子の将来というのは、そのまま房枝のプライドや見栄であったから大層慎重になったのだ。その代わり、雑誌やラジオ等、いろいろなところに身の上相談の手紙を書くようになった。忠紘がタクシーの中で、男の司会者に自分の不幸を打ち明ける房枝の声を聞いたのもこの頃である。そして一緒に暮らし始めて半年後、内藤が離婚届に印を押してくれた。

やっと内藤が幸子と離婚してくれた。このことですべてが好転すると喜んだ自分は、やはり幸子の言うとおり〝甘ちゃんのお坊ちゃん〟だと、忠紘は後につくづく思い知らされることになった。幸子が晴れて独身になったことは、房枝の怒りと憎しみを募らせる結果となったのだ。それまでいつか別れてくれるはずだと一縷の望みをかけていたのだが、どうやら本気だとわかった時から、房枝の嫌がらせは本格的となった。

「あんな年とった女、どうするつもりなの？」

自分と十歳ほどしか違わない相手のことを、よぼよぼの老婆のような口調で言う。

「もう子どもだって生むことが出来ないのよ。忠紘ちゃんはまだ二十四歳じゃないの。これからいくらでも若くて可愛いお嫁さんが来てくれるわよ、そして赤ちゃんを生んでくれるわ。だけどね、あの女の人はね、もうお役目終わったダシガラみたいな人なのよ。子どもは生めない。もう年とっていくばっかり。そんな女の人と忠紘ちゃんとが、どうしてこれから先同じ人生を歩まなきゃいけないの。ね、おかしい話でしょう」

「だけど僕は、彼女じゃなきゃ駄目なんだよ」

忠紘がぶすっとして答えると、まあ、忠紘ちゃんたらと、房枝は目を大きく見開いて悲し気に首を振った。

「それはねえ、あなたが女の人を知らないからよ。ねえ、こんなこと聞くのはイヤらしいけど、ちゃんと答えて欲しいの。あなた、あの女が初めての女の人なんでしょう、ね、そうでしょう」

母親にこんな質問をされて正直に答える息子はいないだろう。

「そんなことないよ……」

忠紘は視線をそらし唇をとがらせて、何気ない風を装った。

「お袋には言わないけどさあ、学生の時にちょっといろんなことがあったしさ」

「嘘おっしゃいよ。ほら、クラブで一緒だった内山さんっていうのがいたけど、あの人ぐらいだったんじゃないの。あなたが合宿とか嘘言って旅行に行った時、内山さんも一緒だったでしょう。だけどそういうおつき合いになってすぐにうまくいかなくなったはずよ」

忠紘はぞおっと背筋が寒くなった。すべて房枝の言うとおりなのだ。

「私はね、いまとっても反省しているの。私がきちんとしてたばっかりに、男と女のこと、あなたや久美子に厳し過ぎたと思っているの。今度のことはいい勉強だと母さん思ってるわ。問題が片づいたら、ひとりで部屋を借りていいのよ。そして好きな風に女の子を引っぱり込めばいいわ」

房枝はにやりと笑った。

その次の年、幸子が妊娠しているのがわかった。年が年だからもう身籠ることはないだろうと言っていたのであるが、幸子の健康な体は十五年ぶりの妊娠を果たしたのだ。

「でもさあ、どうしようか、生んだ方がいいのかねえ」

幸子はいささか弱気な上目遣いで忠紘を見た。その目のあたりに、今までなかったやわらかさが滲んでいる。

「もちろんだよ、絶対に生んでくれよ。僕たちの子じゃないか」

相変わらずドラマの中のようなセリフを吐きながら、正直言って忠紘の心の中は複雑だった。もちろん幸子のことは愛しているし、結婚したいと激しく思っている。けれどもその先の子どもまできちんと思いをめぐらしたことがなかった。まだ二十四歳なのだ。まわりの友人たちの中でも、結婚している者は少ない。ましてや父親になる者などいるはずはなかった。自分の人生が早くもがっちりと鋼鉄製の鎖でからめとられた、という思いは、幸子への愛情とは別のものだ。忠紘の一瞬躊躇した顔を、幸子は違う方に解釈したらしい。

「そうだよねえ、これからが本当に大変だよねえ」

深いため息をついた。

「何がだよ」

「決まってるじゃないの、あんたのお母さんのことだよ。私の妊娠知ったら、あの人、まるで気がおかしくなっちゃうんじゃないの」

「そんなことはないさ。うちのお袋にとって初孫になるんだから、最後は可愛さのあまり結局は許してくれるんじゃないのかな」

「それが、あんたが甘いっていうんだよ」

幸子は憎々し気に叫んだ。

「母親にとってさ、自分の嫌いな女が自分の息子の子どもを生むぐらい、口惜しくてつらいことはないんだからさ。自分は絶対に息子の子どもを生むことが出来ないのに、その女はぬけぬけと子どもをつくる。そりゃあもう煮えたぎるような思いになるよね」

そしてそれはそのとおりであった。電話で幸子の妊娠を告げた時、受話器の向こうからは不気味な沈黙が伝わってきた。

「いやらしい……」

ややあって獣がうなるようなつぶやきが聞こえた。

「あの年で本気で子どもを生もうなんて考えてるの、あの女は。もう四十じゃないの」

「そんなことはないよ。子どもが生まれる頃三十七の誕生日だよ」

「同じようなもんですよ。あの女、どこまで私に恥をかかせて苦しめれば気がすむんだろう。私は絶対に許しませんよ。どんなことがあったって堕ろしてもらいますよ」

　その頃まだ忠紘は幸子を入籍していなかった。法律で決められた離婚後六カ月を経過したら、すぐに市役所に二人で行こうなどと言っていたのだが、ぐずぐずと日にちはたつばかりだ。ひとつは幸子がそれを望んでいないということもある。

「私さ、正直言ってまだ自信がないんだ。そりゃあ、あんたのこと好きで一緒に暮らしたいと思うけどさ、それとあんたの家族になるっていうのは別だからね」

「結婚するってことは、家族になるっていうことじゃないか」

「馬鹿ね、あんたって、本当に世の中のことを知らないんだから。いまあんたと結婚するってことは、あんたのうちの嫁になるっていうことだからね。嫁になる女かもしれないっていうんで、あんたのうちの鬼ババ、失礼、お母さんは私のことを憎むんだよ。あんなに嫌われて憎まれてさ、それでも嫁になりたいかって言われれば私はノーって答えるね。私さ、自分が私生児だったからさんざん嫌な思いをして、子どもだけはそんなめにあわすまいと頑張ってきた。でも考えるとさ、それにがんじがらめにあってきたような気がするよ。もうここまで道を踏みはずしたんだから、いっそのこと、私生児生むのも私の運命だったかなあなんて考えたりして。そういや、高校の卒業アルバムに『波乱万丈の生き方したい』なんて書いたりしたんだっけなんてこの頃思い出すんだよ」

　忠紘は幸子のその迷いを確かに利用していた。自分の逡巡をあたかも幸子のそれのようにすり替えようとしていたのだ。向こう岸に渡る最後の一歩をぐずぐずと迷っていたのは、もしかすると日々に膨れていく幸子の腹部に対する、単純な畏れだったかもしれないし、あるいは母親の房枝の言う、

「もしね、あの女と結婚して子どもなんか産ませたら、あなたはもう二度とまともな人たちの仲間には入れないのよ。一生世間から後ろ指をさされて暮らしていくのよ」

という言葉だったかもしれない。年上の女と結婚することは何も悪いことではないが、確かに珍しいことであるには違いない。忠紘は学生時代のコンパのことをそんな時に思い出す。

　忠紘のいた大学は、世間的に見て名門大学ということになっていたから、同級生たちの鼻息は荒かった。コンパをする女子大にも格というものがあると信じていた。

おそらく彼らは、同じ定規を持ったまま世の中に出て配偶者を選ぶだろう。忠紘は彼らの目が気にならないといったら嘘になる。ひとまわり上の離婚した女といったら、皆腰を抜かすだろう。最初の得意な気分は消え、次第に臆病（おくびょう）になっていく。仕方ない。まだ二十四歳なのだ。

そんなある日アパートに帰った忠紘は、幸子が放心したように座っているのを見た。妊娠してから下半身の動きがすっかりのろくなり、座る時もだらしなく足を拡（ひろ）げる幸子だが、その呆（ほう）けたような崩れ方はどこか異常だった。

「あんたのお母さん、今日、ここへ来たよ」

これも妊（みごも）ってから、粘っこく黄色くなった歯をにっとつき出すようにして言った。笑ったように見えたが、それは嫌な記憶と必死で戦おうとしているためなのだとすぐわかった。

「お袋が、まさか……」

忠紘が知っている限り、房枝は攻撃的な女ではない。というよりも行動的にものごとを進めていくのではなく、出来るだけ自分の陣地の内で戦うタイプの女である。電話や手紙で脅したり嫌がらせをしたりするが、わざわざ敵陣へ乗り込んで怒鳴ったりする女ではないはずだ。その点、忠紘はかなり母親を見くびっていたところがある。

「それはねぇ、あんたの勘違いだってばさ、あのおばさん、すっごい人だよ。私も気が強いけどさ、あの人にかかっちゃかなわないねえ」

幸子は大層疲れたようにため息をもらし、両の手で頰(ほお)を押さえた。そうすると四十近い妊娠というのは、かすかなわびしさと薄汚なさが漂うものだ。

「あんたのうちってすごく金持ちなんだって」

不意に問うた。

「えっ」

忠紘は面くらったまま、しばらく返事が出来ない。

「今は酒屋だけど、元々は大きな地主で、駅前ばっかりじゃなくて他にも土地があるんだって」

「よせやい」

忠紘は少し笑うことが出来た。房枝はそんな見栄を張るためにここに来たのか。母親がやってきたというので、大変な修羅場(しゅらば)を想像していたのであるが、そのくらいの家自慢だったらいくらでも訂正してやることが出来る。

「うちのお袋が何を言ったか知らないけど、うちなんか本当にただの酒屋だぜ。駅前の土地っていったって三十坪かそこらだし、他にはちっちゃい建売住宅がひとつ。いったいどこが金持ちだっていうんだよ。金持ちっていうんだったら、僕の同級生にはごまんといたけどさ、僕のうちは庶民もいいとこ。しがない酒屋の親父（おやじ）とおかみさんだぜ、うちの両親」

「だけどあんたのお母さん、私に言ったよ。あんたはうちの金が目的なんだろう、さあ言いな、いったい幾ら必要なんだってさ。私、あんなに怖い嫌な思いしたことはないよ」

幸子の顔から血の気というものが消えている。これはかなり大変なことが起こったらしいと忠紘は身を正した。

「あんたはね、うちの財産が目的で、うちの息子をたぶらかしたんだから、さあ、金額を言いな、今すぐ小切手書いてやる、ってあの人言ったんだよ」

「ちょっと待ってくれよ」

忠紘は小刻みに震え出した幸子の肩に手をやる。

「あのさ、うちのお袋ってすっごい気取り屋なんだ。とても酒屋のおばさんとは思えないような、上品ぶった喋（しゃべ）り方をするんで、近所から悪口言われてるぐらいなんだ。だからそんな言い方はしないと思うんだけどなぁ」

「あんたって」

幸子の肩が大きく揺れ出した。

「最終的にはお母さんの味方なんだ。私がこんなめにあっているっていうのに、今でも時々実家に帰ってるし。ねえ、言ってよ。どっちの味方なのよ！　どっちの言葉を信じるって言うのよ！」

「わかった、わかった、僕はもちろん幸子の言うことを全面的に信じるよ、あたり前じゃないか」

「あの人、私のお腹(なか)を見てさ、この年になって子どもを産もうなんていったいどんな了見してるんだ、って言うんだよ。四十近くになって気持ち悪い、なんて言っちゃって。信じられる？　お腹にいるの、あの人の孫なんだよ」

「……」

「高齢出産っていうのは、へんな子どもが生まれる確率が高いのよ。四十近い女からちゃんとした子どもが生まれるはずないじゃないの……とまで言ったんだ、あの人。私、口惜しかったよ。私のこと悪く言うのはいいよ、仕方ないもん。親のことを悪く言うのもまあ我慢出来るよ。だけどね、女って自分の子どものこと悪く言われたらもう駄目(だめ)だ。それもさ、生まれる前の真白い、何も悪いことしてない子どものことを悪く言うなんてひどいよねえ」

妊娠してかすかにむくんだ頬に、涙が何滴か川となって走る。

「私さ、このままじゃ無事に子ども産めないような気がしてきた。だってあの人の呪(のろ)いが子どもにかかってるんだもん。あの人、普通じゃないもん。きっと怖(おそろ)しい何かを仕掛けたよ」

「馬鹿なこと言うんじゃないよ」

忠紘は幸子をなだめるために、ワンピースの腹に手をやる。まだ胎動は始まっていないが、確かなふくらみと固さを持っている腹だ。その時、初めてといっていいほどわが子へのいとおしさが忠紘を襲った。それはあまりにも急激で大量だったので、しばらく息が出来なかったほどだ。同時に母親に対しての混ざりっ気のない怒りもこみ上げてくる。

「幸子、僕、これから市役所に行ってくる」

忠紘は立ち上がった。

「この時間でも受け付けてくれるはずだ、僕が悪かった。今すぐ結婚しよう」

あの日から九年の歳月が流れる。〝高齢出産だから絶対にヘンな子どもが出来る〟と房枝は言い続けていたが、生まれた洋は標準の大きさと元気な産声(うぶごえ)を持っていた。笑うと目が垂れるあたりは、父の保文にそっくりだと忠紘は思ったのだが、幸子は即座に否定した。

「違うね、この子はうちの方の顔をしている。私の死んだ父親にそっくりだもの」

そして両手に抱いた赤ん坊を揺らしながら、何やら話しかける。

「あんたね、女好きなところは似ると困るけどさ、お祖父ちゃんみたいに立派な人になってね。お祖父ちゃんは頭がよくて大きな建築会社してたし、うんと男っぽい人だったんだよ。あんたもきっとそういう人になるんだよ」

これを忠紘と二人の時にだけ口にすればよかったのだが、幸子は夫の保文に言われてしぶしぶ病院に顔を出した房枝にまで自慢してしまう。

「私の死んだ父親にウリ二つで、本当に先が楽しみですよ」

幸子はうっかり口が滑ったと言っているが、もちろん嫌みであろうと忠紘は睨んでいる。とにかくこのひと言は、やや軟化しかけた房枝の怒りを買い、彼女は二年近く初孫の顔を見ようとしなかったほどである。

やがて孫可愛さのあまりアパートに通うようになった保文が、房枝を説得しようとした。それがどれほど効果があったかわからぬが、二カ月か三カ月に一度の割合で、房枝は忠紘夫婦のところを訪れるようになった。

「私も大人だよねえ、人間出来てるよねえ。若いお嫁さんだったらこうはいかないねえ。あんだけひどいことされた鬼みたいな姑にさ、一応茶も出す、菓子も出す、あー、こりゃこりゃ」

怒りを最後はおどけた歌にしてみせるのも、立派な子どもを生んだという幸子の自信によるものだったろう。さらに決定的だったのは三年前の美奈の誕生であっただろう。この時は四十三歳という妻の体をさすがに忠紘は案じたのであるが、帝王切開することもなく幸子は可愛い女の子を産み落とした。

そしてこの女の子が、忠紘夫婦と房枝との仲を少し進ませる役割を果たすことになる。幸子は絶対にそんなことはないと言い張るが、美奈の顔は房枝にそっくりだと知っている人は言う。

「ほら、この高い鼻とかさ、目も切れ長で大きいでしょう。お祖母ちゃんも若い時はわりと美人だったもの、きっと美奈ちゃんも大きくなったら綺麗になるわよ」

と言われれば房枝もまんざらではない気分だったらしく、美奈だけにはデパートから洋服を買ってくるようになった。バーゲン品だと幸子はせせら笑うが、それでも大した進歩だ。

忠紘の結婚によって、一時は永遠に断絶するかと思われた親子の関係であるが、この二、三年はなんとか平静を保っている。〝つかず離れず〟という関係が平静というのなら確かにそうだ。

罵り合うことも責めることもなくなり、悪口を言いたい時は各自家に帰ってからする。そして正月と盆の入りという二大行事の時には実家に寄って、皆で黙々と酒を飲み料理を食べる。

自分では少しずついい方向にいっていると思っていたのだが、それは間違っていたのではないかと忠紘は思う。幸子も房枝に忘れたふりをしているが、後遺症は未だに続いているのだ。

とりわけ母の心に残る傷の大きさに、忠紘は空恐ろしくさえなる。父と母が祖父母の財産に執着し、それを横取りしようとしたのだと叔母は言うが、それが本当だとしたらやはり自分たちが原因ではないか。息子に裏切られた、もう息子をあてにすまいという思いが、房枝をして吝嗇に走らせたのだ。房枝は全く変だ。祖母の淑子に対する憎悪も尋常とはいえない。淑子が寝たきりになろうとも、一度も見舞おうとしないのだ。

「ああいうの、江戸の敵を長崎でうつ、っていうんじゃないの」

最近は幸子まで言い出す始末だ。

「本当はさ、私となんか仲よくしたくもなりりゃ、一緒に暮らしたくもないのよ。だけどさ私がいなきゃ、おばあちゃんの看病を自分でみなきゃなんない。お義母さんはあれだけ気の強い人だ。ストレスをどこかへぶっつけなきゃやっていけない。その相手がお祖母ちゃんってことで、あれだけつらくあたるんだよ」

　となると、今度の一連の騒動の原因はすべて、さかのぼって九年前の自分たちの結婚ということになる。それによって房枝の心は頑になりますます意地悪くなり、それに反ぱつする一族の心を煽りたてる。

「いやあ、親戚のもめ事って、まさにドミノ倒しだよなあ。どっかが倒れてくると、順々にみんなが被害を受けるんだものなあ」

　忠紘はひとりごちたのであるが、傍にいた幸子は例によって別の出来事ととる。

「そりゃ、そうだよねえ。年寄りひとり倒れると皆倒れるよ。でもね、仕方ないんじゃないの。血を分けた一人なら、知らん顔してさ、自分だけは倒れまいなんて突っ立ってるわけにはいかないからね。いっぺんは倒れてみるさ、仕方ないじゃないか。人間さ、生きてる間にゃ、いっぺんや二へん、親のために倒れるもんねぇ。あ、倒れない人いた。あんたのお母さんだよ」

　今度の親族会議はもめそうだと忠紘はため息をついた。

　予想どおり、叔父や叔母たちから抗議の電話がかかってきた。どうしてそんな勝手なことをするのかと皆憤りの色を隠さない。そんな時、忠紘は自分が矢面に立つことにした。保文、房枝夫婦の反ぱつは強いが、妻子と共に引越してきてまで淑子の看病をしている忠紘には、皆それなりに好意と感謝の念を抱いているということを計算した上でのことだ。

しかし、叔父友文の妻、正美は最後まで抵抗した。

「私が今さらあのうちに行けるわけがないでしょう、ね、忠紘ちゃん」

「どうしてですか」

「だってね、お祖母ちゃんは私のこと嫌いで、気にくわなくて、それでも我慢して一緒に暮らしてたら、それがこうじて老人性のうつ病になっちゃったのよ。そこまで嫌われてたら、私の出る幕はないわよねえ。だから今度の話し合い、お祖母ちゃんをどうするか、っていう相談から私は遠慮させてもらうわよ」

「叔母さん、それは考え過ぎですよ。お祖母ちゃんはね、友文叔父さんのことが可愛くて仕方ないんだし、叔母さんのことだって感謝してますよ」

「そんなの嘘だわ。おまけにさ、私たちはお祖母ちゃんちの財産がめあてみたいなことを言われてるらしいじゃないの。パパともよく話すのよ。貧乏はしたくないねって。親の死ぬのを指折り数えてるみたいに思われるのねって……」

「叔母さん、冗談はやめてとにかく十五日の夜、来て下さいよ。とにかく皆で話さないことにはにっちもさっちもいかないでしょう」

家にかけてくるならともかく、昼間勤務中のデパートに電話がかかってくることもある。暇な売場だからいいようなものの、そのたびに忠紘は冷や汗が出る。早く相手が電話を切ってくれないかと、受話器に向かって百面相をつくる。

「いやあ、菊池君ちも大変なんだねぇ」

一度課長が話しかけてきたことがある。叩(たた)き上げの課長で、常に着流しを着ている彼のことを忠紘はそう好きというわけではなかったが、

「大変だねぇ」

という言葉に、しみじみとした温かさを感じた。

「うちもね、九十近い親父が生きているもんだから、まあいろいろあるよ。めんどうみてくれてる弟の嫁さんがこの頃(ごろ)、ヒステリーを起こしてね。親父の奴(やつ)、ある宗教に入ってて、朝、お経を読むんだがね、そうしながら屁(へ)をぷりぷりひるっていうんだ」

「おなら、ですか」

「そうだよ。どうも年をとるとあっちの筋肉がゆるむらしい。お経を読みながらピッ、ピッやるらしいんだが、それがもう我慢出来ないって嫁さんは怒り狂ってる」

「でも九十近いお年寄りに、そんなことで怒ってても仕方ないと思いますけどねえ」

「そりゃ、そうさ。人間年とったら、歯でも耳でも尻でも、まるっきりいうことをきかなくなる。屁ぐらいたれるさ。だけどな、弟の嫁さんはそれが死ぬほど嫌らしい。まあ、屁だけじゃなくて、爺さんが生きてること、俺たちが引き取らないこと、すべてのことに腹が立つのさ」

「つらいですね」

「そりゃあつらいよ、戦国の武将の心境だよ」

「はっ？」

「親を人質にとられてるっていうのかなあ、とにかく相手の言いなりなんだよ」

着物を長く着続けていると自然に撫で肩になるという説を、若いお客に必ず言うのはこの課長本人であった。なるほど定年近い今まで着流しでとおしてきただけあり、彼自身の肩も女のようななだらかな線だ。その肩を前後に揺らすようにくねくねと喋る課長のことを、忠紘はかなり苦手に感じていたのであるが、こんな風に家庭のことを打ち明けられるとやわらかい感情がわき起こる。それほど嫌な人間でもない、親のことでいろいろ苦労してきたのだろうなと、その撫で肩でもたたきたくなってくるほどだ。

「昔は女の話が男たちを結びつけたんだろうけど、今は爺さんや婆さんの話だっていうのがおかしいなあ」

　ふっとそんなことを感じて笑いたくなってくる。今までほとんどないことであったが、忠紘と課長は同じ時間に休憩をとり、一緒にコーヒーを飲みに出かけた。別館の社員食堂の隣りがラウンジになっていて、一五〇円でそこそこのコーヒーが飲める。もはや社内結婚はとうにあきらめた女たちが、三、四人ソファにもたれかかっていっせいに煙草をふかしている。全くデパートほど女の喫煙率が高いところがあるだろうか。ストレスが多い職場ということも言えるが、正々堂々と煙草が吸える、女が強い職場ということもいえる。とにかく彼女たちに嫌われたらすべてがお終いなのだ。忠紘と課長は出来るだけ目立たないように隅のソファに座った。社員ラウンジにおける男同士で席をとる時の自然のルールである。いつもなら禁煙室の方へ行く忠紘なのだが、今日はこちらの方へ来てしまった。課長は大変な煙草吸いなのである。着物を扱うプロと自任しているわりには、何度も禁煙に失敗している。

　今も彼はうまそうにホープに火をつけたところだ。

「だけどさ、親のめんどうをみるっていっても、菊池君のところじゃまだ若いでしょう」

「いや、うちは親じゃなくて祖父母なんです」

「えー、じゃ、おばあちゃんがどうした、どうしたっていうのは、本当の祖母さんなんだ」

　忠紘は簡単に事情を話した。自分のプライベートなことを喋るのは、弱みを握られることだと普段は親しい同僚にも話したことがない。それなのに課長のほんのやさしいひと言で、忠紘は祖母と母親との確執、相続問題まで打ち明けてしまった。

「ふうーん。どれも今の世の中じゃちっとも珍しいことじゃないけど、よくもふたつも三つも重なったもんだね」

　もうひとつある。自分の妻と母親との十年にわたる戦いがこの問題をさらにややこしくしているのであるが、それを口にすることは出来なかった。そこまで課長を信用する気分にはなれない。老人の看護の問題を知られるならともかく、ひとまわり上の妻のことを話したらどうだろう。この初老の男が、ふうんと笑いを噛み殺す顔が目に見えるようだ。この年齢の男には幸子のことは秘密にしておいた方がいい。

「それで親族会議を開くっていうわけだね」

「そんな大げさなもんじゃないんですけど　とにかく皆が集まって今後のことを話し合わないことにはどうにもなりません。女房が怒っちゃって怒っちゃって、ストライキを起こしかねないんです」

「もめるぞお」

「覚悟してますよ。でも最後は自分たちの親ですからね、叔父や叔母が何とかしてくれると思います」

「甘いよ、甘い。そんなこと考えちゃ駄目だってば」

課長は煙草を持った左手を激しく振ったので、忠紘は思わず身をそらした。

「あのね、親のめんどうや相続を話し合う時に、血の繋がりなんていっさい考えちゃ駄目」

「そうでしょうか」

「君も君のとこの親はまだ若いからわからないだろうけど、人間、中年になってくるとね、いろんなことに気と金を使わなきゃならん。するとね、親の方面がまるっきりお留守になるんだなあ。いやあ、人間がいちばん忙しくて意地悪でエゴイスティックになる年代と、親がよぼよぼになる時とが一致する、っていった方がいいかもしれないなあ。あ、君は知らないかもしれないけど、僕は一回若い頃、離婚したことがあるんだよ」

忠紘はちょっと驚いたように目をしばたいて見せたが、我ながらヘタな演技だったと思う。課長の妻が七つか八つ年下で、後妻だということはよく知られていることだ。なぜなら酔った彼が自慢気によくそのことを話すからだ。

「あのさ、離婚っていうのはものすごいエネルギーを使うもんだよ。相手がこんなに性格悪くて金に汚ないのかとびっくりする。だけどお互いすべてをさらけ出して、自分がどんなに悪者になろうともらうものはもらう。相続や老人問題も同じさ」

とにかく自分だけがいいコになろうと思うんじゃない。めったに正義感や倫理観をふりかざすもんじゃない。そんなことをすると後になってずうっと後悔するよ。とにかく悪く、ずるく立ち廻(まわ)れよ、という課長のアドバイスを胸に抱いて、忠紘は親族会議に臨んだ。

九時ではやはり遅過ぎる、夜八時に集合ということにしたのであるが、これに最後まで抵抗していた友文夫婦がやはり遅刻をした。叔母の正美のヒステリックな電話がかかってきたのは、八時ちょうどであった。

「私たち、いまおソバ屋さんに入ったのよ、駅前の。だって仕方ないでしょう、私たち、どっから来たと思うの。あなたたちは近くだからいいけど、私たちは夕食もとらないで遠くから電車に乗って来たのよ。おソバぐらい食べたっていいでしょう」

「ああ、わかりましたよ。ゆっくり済ませてからいらしてくださいよ」

座敷に戻ると、

「電話何だった？」

叔母の弥生が間髪を入れず問うてくる。

「友文叔父さんたち、今おソバを食べてるからちょっと遅くなるって」

「あの人って、いつもああだ」

弥生は勝ち誇ったように笑う。

「嫌なことがあると必ず遅刻してくるのよ。人を待たせるのが大好きっていう人だからね、正美さんって。前にね、うちのコの七五三に何か買ってくれるっていうんで、デパートの前で待ち合わせしたことがあるのよ。そうしたらさ、何時間待たせたと思う？　一時間、一時間だよ。冷たい風がぴゅうぴゅう吹くところに私と義彦を待たせたんだからねぇ。こういう時にちゃんと来るわけがないわよ」

弥生の息子は今大学生なのだから、いったい何年前の話だろうかと忠紘はため息をつく。

「お前、そう言うなよ」

弥生の夫の信彦が助け舟を出してくれたと思いきや、

「ここに絶対来ない、っていう人だっているんだから」

いちばん触れられたくない部分を衝いてくる。

「ああ、そうだったわねえ」

弥生がわざとらしい大声を出した。

「忠紘ちゃんの前で悪いけどさ、おたくのお母さんって本当に情がこわい人だよねえ。この家へは、死んでも足を踏み入れたくないって言いはったんだもんね」

祖父母の家へは決して行かない。そうかといって自分の家に、親戚たちが集まるのは嫌だと房枝はきっぱりと言ったのだ。

「娘の私がこんな風に言っちゃいけないかもしれないけど」

弥生はしみじみとした声を出そうとするあまり、眉根を思いきり寄せた。

「お母さん、房枝さんのこと、そんなにひどいことをしたとは思わないわよ。嫁っていう立場になったら、多かれ少なかれ、あの時代みんなつらいことを経験しているもの。私だって結婚してから人に言えないことがいろいろあった。だけどね、最後はちゃんと姑を送ったのよ」

ここにはいない房枝の反撃が聞こえてきそうだ。

「よくいうよ、長男だけは絶対に嫌だって、五人兄弟の真中の男を選んだんじゃないの。お姑さんが入院していた時だって、あの人三、四回ぐらいしかいかなかったっていうわよ。五人も嫁さんがいるもんだから、順番で看病していたら一カ月もしないうちに亡くなって、弥生さんは五回めがまわってくる前に看病が終わってたのよ」

しかしそんなことを代弁することが出来るはずもなく、保文と忠紘は非常に分が悪くなった。保文などは湯呑みを何度も置いたり持ち上げたりを繰り返す。そしてテーブルの上についた水の輪を指でいじったりする。相当緊張しているらしい。無理はない、もうじき弟夫婦も到着して親族会議が始まる。淑子の看病をどうするかが議題であるが、この家の相続問題をめぐって保文が糾弾されるのは間違いない。

「俺は何も後ろめたいことはしていない。ただ連中が欲張りで物識らずなだけだ」

と来る前は豪語していたが、何のことはない、早くも怯えているのだ。

が、この時襖を開け幸子が登場した。いつになくしとやかな動作で皆に向かって一礼した。

「あの、お祖母ちゃん、いまやっと寝ました」

この女もよくやるもんだなあと、忠紘は苦笑している。いつもなら五時前にざっと祖父母の夕食の仕度をして家に帰ってくるのであるが、今夜に限って祖母の部屋に入りっぱなしでまめまめしく仕えている。弥生でさえ、先日の気まずいやりとりを忘れ

たように、

「まあまあ、ご苦労さまですこと」

　とまたまたしんみりとした声でねぎらった。

「いつもならもっと早い時間に眠るんですけどねえ、お祖母ちゃん。今夜はやっぱり興奮しているせいで、電気消すのも嫌がったぐらい」

「幸子さん、本当に悪いわねぇ。私たち、あなたにはどれだけ感謝していることか。これもいざこざの絶えない家にお嫁にきたと思って我慢して頂戴」

　なにやら奇妙な雰囲気になってきた。

　テレビドラマでよくこんな声を出す女優がいる。主役ではなく傍役なのであるが、それなりにキャリアも人気もあるという女が、ひと騒動あった後の主役たちに向かって何か諭すのがドラマのきまりである。ちょうどその頃からしみじみとした音楽が画面に流れ始めるはずだ。

「私もね、そりゃあお祖母ちゃんのことが気にならないはずはないじゃないの、実の娘だもの」

　弥生が喋り始めたとたん、忠紘は背後にあの音楽を聞いたような気がした。

「だけどね、お祖父ちゃんやお兄さんのしたことがあんまりひど過ぎるでしょう。こっちを利用するだけ利用して、裏じゃいろんなことを企んでいたんだから。だからね、私は正美さんと相談してこのうちから手をひいたんだけど、もちろんこのうちのことが気になってたわよ。そうしたら忠紘ちゃんたちが帰ってきてくれているなんてねぇ……。最初はあなたたちもこのうちがめあてなんだろうかって勘ぐったりして悪いことしたわねぇ。忠紘ちゃんも幸子さんも知らなかったでしょう、この家のごたごた」

「そうなんです」

幸子はまるで男のように力強く頷く。

「考えてみればあなたたちも被害者よねぇ。全部お兄さんと房枝義姉さんから始まったことなんですものねぇ。今日こそ私ははっきりさせてもらいますよ」

「何をはっきりだよ」

怒鳴ったのは保文だ。妻の房枝の欠席ですっかり肩身の狭い立場になった彼は、それまでおとなしく茶をすすっていたのであるが、「はっきりさせてもらう」という言葉でぴくりと眉毛が動いた。

「お前らみたいなわからず屋で馬鹿な連中に何度説明してもわかってもらえないだけじゃないか。いいか、この家、お祖父ちゃんがもし死んだら分けなきゃならん。元も子もなくなる。こんな家、家が建ってりゃそこそこ広く見えるけどな、つぶして分けてみりゃ本当にちっぽけな土地だ。何にもなりゃしない」

「だからどこの家だって丸ごと売って、お金を兄弟で分けてるじゃないの。うちだってそうすればいいのよ」

「馬鹿やろう、だから女は駄目なんだ。相続税っていうものを知らないわけじゃないだろう。ごっそり持ってかれて、それで首をくくった人間もいるじゃないか。アパートなりマンションを建てればこの土地を生かせるっていうんで、親父と俺が知恵を絞っただけじゃないか」

「でも義兄さん、それはバブルの論理ですよ」

これまたおとなしく下座に控えていた弥生の夫が突然発言する。彼もまた重要な傍役のような声を出した。

「銀行からじゃんじゃん金借りてアパート建てて、相続税に備えよう、なんていうそんな考えやシステムはとっくに終わりましたよ。今はアパート建てても人が入らないご時勢だし、だいいち銀行が前みたいにお金を貸してくれますか。違うでしょう」

保文は口惜しそうに唇をゆがめる。忠紘は詳しいことはよく知らないが、そもそもこのアパート計画を持ちかけてきた地元の銀行が、ここに来て融資を渋っているという。兄弟を仲たがいさせたアパート計画も、頓挫しているというのが現状なのだ。

「もうアパートを建てる、なんてことがむずかしくなっている現在は、遺言状のことはいったん白紙に戻すのが、本来のあり方じゃないかって私たちは言っているわけですよ。わかりますか」

弥生の夫の信彦は、つい最近定年退職するまで大手の企業に勤めていた男だから、こういう時に弁がたつ。一度も就職したことがなく、ずうっと商店の親父でとおしてきた保文は、こうした人種とのこうした会話が何より苦手なのである。

「僕の知り合いの弁護士に聞いてみたところによりますとね、確かにお義兄さんのしていることには法律的にこれといった問題はない。けれども後は私たちの心持ち次第だっていうんです。つまり私たちが裁判所に不服を申し立てることだって出来るわけですからね」

「おお、嫌だ。兄弟同士で裁判で争うなんて、そんなことだけはしたくないわよねえ」

夫婦でさんざん話し合ってきたのだろう、弥生は大げさに首を振る。

「本当にこんなことが世間に知れれば恥ずかしいわよね。親の家をめぐって兄弟が争うなんて、ドラマや週刊誌の中の話だと思ってたけど現実に起こる時は起こるのね。でもこれもね、お兄さんが私たちに黙ってこっそりことを進めようとしたからじゃないの」

保文はむっつりと今度は腕組みを始めた。怒っているというよりも、どう対処していいのかわからないのだ。一度も企業というものに属したことのない人間独特の幼さ、脆さというものを忠紘は時々父親に見ることがある。同居をするようになってから特にそうだ。困ったことがあると沈黙を守り、方々から責められると、最後はやんちゃ坊主のように居直る。

親父、危うし！

忠紘は幸子の方を見た。ちょっと可哀想だから何とかしてあげなよと、その目が語っている。

「あのですね、いろいろ言いたいこともあるだろうけど、友文叔父さんが来てからにしませんか。もう本格的にゴングを鳴らしちゃうと皆が疲れるから」

我ながらつまらない比喩だと思った。一瞬皆がしんとしてしまった。

めったに使わない座敷だから、クーラーが入っていない。初夏のむっとした熱気は、夜が更けるほどにますます濃くなっていくようだ。

「忠紘さん、そっちのガラス戸を開けてくれないかしら。風が通るかもしれないから」

気まずい沈黙を幸子が楽し気に破った。いつもなら「あんた」「パパ」か「忠ちゃん」なのであるが、今日はさすがに気取って夫を呼ぶ。

「本当に暑くなりましたね。冷たいものでもいれてきましょう」

立ち上がりかけた幸子に、弥生の夫の信彦が声をかけた。

「ついでに何か甘いものがあったら持ってきてくれないかな。このうち、お菓子とかないの」

「この人、こんな顔してて甘党なのよ」

弥生が腹立たし気な声を出すのは、夫が菓子をねだったためだけではないだろう。

「このあいだも糖が出てね、お医者さんから気をつけるように言われてるんだけどどきやしない。もともとお酒はつき合い程度しか飲まなかったから今はほとんど口にすることないけど、ひとりでどこか行った時にはね、帰りに羊かんやドラ焼きを買ってきて、黙々と食べているの」

「あらら、うちの主人と同じ。忠紘さんもコーヒー飲む時は甘いものを欲しがりますよ。何も無い時は、子どものクッキー取り上げたりして……。ふっふっ」

「男の人ってみんなそういうところがあるのかもしれないわね。だけど忠紘ちゃんはすらりと痩(や)せてていいわねぇ。菊池の家じゃ珍しいわ。ほら、お祖父ちゃんもお兄さんも年とると太ってくるタイプでしょう。うちはね、ガンはないかもしれないけど、高血圧の血統なのよ」

よかったと忠紘は胸を秘かに撫でおろしている。父の保文が集中攻撃を受け始めた時はどうなるかと思ったが、こうした病気の話は、中年女の得意課目なのだ。

「うちの主人は、血圧は普通だと思いますけどねぇ」

「だけどね幸子さん、油断しちゃ駄目よ。体型や血圧は遺伝だからね。忠紘ちゃんももうちょっと年をとると、どおーんと太ってくるわよ」

「そうでしょうか」

「そうよ。だから血圧は今のうちからこまめに測っておかなきゃ。ねえ、お兄さん、お兄さんの血圧はいくつ」

まるで若い女の子が血液型や星座を尋ねるように、さっきまで気まずい争いをしていたはずの保文に弥生は声をかける。

「百四十」

保文は憮然と答え、

「百四十、ふーん、なるほどねえ」

弥生はしきりに感心するのであった。

「あ、そう、そう。冷たいものを持ってこなきゃ」

　幸子はやっと立ち上がったのはいいのだが、また余計なことを言う。

「麦茶でいいかしらね。友文叔父さんたちがお土産に何か買ってきてくれるかもしれないから」

「まあ、そんなことはないわよね」

　弥生がきっぱりと言った。

「あの夫婦のケチなことといったら、そりゃあびっくりするわよ。若い時はそんなでもなかったけど、この頃はちょっと人が変わったみたい。子どもがいないこともあるし、会社もうまくいってないみたいだけど、それにしてもねえ……」

　自分が手ぶらで来たことなど、すっかり忘れたような口ぶりだ。

「だけどえらく景気がいい頃もあったじゃないか」

　と信彦。

「そうそう、あの時に調子にのり過ぎたのよ。正美さんがうちに来てさ、お義姉さん、コンドミニアム買おうと思うんだけど、ハワイがいいかしら、それともオーストラリアがいいかしらねえ、なんてさんざん自慢していったのよ。私たちみたいな地味なサラリーマンからみるとあの二人、危なっかしくて見ていられなかったけどねえ」

「ほらっ、ほら、お前が口惜しがっていたあの事件」

「そう、そう、ちょうどあの頃よ。珍しく正美さんから電話がかかってきてね、会員制のエステティックサロンへ通っているっていうのよ。お客をひとり連れてくと割引きになるから一緒に行こうっていうんだけど、一回一万三千円もかかるっていうから私はもうびっくりしちゃってね、もちろん断ったのよ。そうしたらあの人ってば、若さを保つのとお金とどっちが大切かって延々と始めちゃってね。お義姉さん、自分が他人にどう映るかってことを鏡で見ちゃ駄目よ、私たちの年代はもう目が悪くなってるからぼんやりとしか見えないんだから。専門家からぴしっと言ってもらえばお義姉さんも目が覚めるかもしれない、なんて言うもんだからね、私はもう腹が立って……」

この時、玄関でカッコーが鳴く音がした。幸子がどこからか買ってきたものであるが、赤外線を人が通ってさえぎると鳥が鳴き出す置物である。高一郎の耳が遠くなり、郵便局の人や宅配便が来た時に困るというので靴箱(くつばこ)の上に置いたというが、こうして夜聞くと何とも騒々しい。

「わりと早く着いたわね。九時になるんじゃないかって心配してたけどそうでもない」

幸子が迎えに行き、やがて友文夫婦が姿を現した。友文はポロシャツ姿で、ジャケットを手に持っている。もうひとつの方には駅前のケーキ屋の包みをぶらさげていた。

誰でも認めていることであるが、友文は菊池の一族の中で群を抜いて男前である。背が高く肩幅が広いという日本人離れした体のうえに、整った男らしい顔がついている。年には勝てず額が後退しかけているが、それも知的な雰囲気をかもし出しているといえないこともない。

母親の淑子はこの末息子を溺愛していて、一緒に暮らすことを望んだ。忠紘も幸子も知らなかったことなのであるが、友文夫婦は一年半前この家に同居していたのである。けれどもその生活を破綻させた者がいた。

「突然八時に集まれ、って言われてもね、こっちだって都合があるんですから」

遅くなりました、とも言わず、彼の妻の正美は唇をとがらしたまま座布団に腰をおろした。美人というのではないが、「小綺麗」という言葉がぴったりの女である。藤色のサマーセーターと似た色のマニキュアを塗るなどという芸当は、やはり房枝や弥生、幸子といった女たちには見られないことだ。髪も栗色に染め、きちんとセットしている。まだ会員制のエステティックサロンへ行っているかどうかわからぬが、肌は艶々としていて小皺も目立たない。弥生とそう離れていないはずであるが、こうして並ぶと十は若く見える。

この叔母のことも、房枝は弥生以上に嫌っていた。

「心と口のどこかタガがはずれている」

というのだ。正美はハワイの生まれである。戦前向こうに渡った父親の死がきっかけで、少女の頃帰国したのだ。だから長いこと英語しか喋れなかったと正美は自慢するが、

「嘘よ、嘘。友文さんとつき合っていた頃から知っているけど、すごい広島訛りの日本語だったわよ」

と房枝は言う。

この嫁と暮らし始めて半年もたたないうちに、淑子はちょっとおかしくなってしまったのだ。脈絡のないことを喋ったり、突然泣き出したりする。いよいよ呆けたのかと医者に診てもらったところ、ストレスからくる老人性うつ病ということがわかった。

あっさりと薬で治ったのはいいのだが、これ以上はもう一緒に住めないということで友文夫婦は出ていくことになったのだ。そして、この際さまざまなトラブルがあったらしい。現にこの家に久しぶりに帰ってきたというのに、かつて秘蔵っ子といわれた友文は母親の部屋を覗きに行こうともしないのだ。

それでもやはり母親のことは気になるらしく、高一郎の方を向き、

「お袋、どうしている」

と尋ねた。

「元気だ。今、幸子さんが寝かしつけてくれたところだ」

「ふうん」

と言った。その「ふうん」に彼の苦渋と困惑が表れているようで、忠紘は叔父に同情してしまう。自分にも経験がある。決して母親のことをないがしろに思っているわけではないが、女房の手前無関心を装わざるを得ない。なまじの言葉をさしはさむと、とんだ藪蛇（やぶへび）ということにもなる。「ふうん」には、男のさまざまな思いが込められているのだ。

「あっ、これは沢木屋のケーキだわ」

友文夫婦の登場により、また新しい混乱の気配がするその場を救うように、幸子が明るい声で言った。

「ここのケーキ、おいしくってうちの近くだからよく買うんですよ」

「そんなこと知らなかったけど、タクシー乗る前に、駅前のすぐ目についたケーキ屋さんで買ったのよ」

正美は苛立った声を出す。ここに居ること自体が自分は不愉快なのだ。そのことをもっと察して欲しいとその声は訴えているようであった。

「じゃあ私、アイスティーでも淹れてきましょう。あんまり甘くしませんから、信彦叔父さんも大丈夫ですよ」

どうやらオープニングあたりは居ない方がいいと幸子は判断したらしい。「ずるい奴」と忠紘は思う。どうやら席をはずしているうちに、高一郎か忠紘の口によって、「今まで幸子には看病でさんざん迷惑をかけた」という口火を切って欲しいと願っているのだ。しかし幸子が台所に消えたとたん、気まずい沈黙が始まった。さっき忠紘が言った「まだゴングが鳴っていない」という言葉を、保文や弥生は思い出したのかもしれない。

「あのさ、灰皿あるかなあ」

友文が体のわりにすんなりと長い中指を出し、煙草を吸うポーズをした。

「あっ、今すぐ持ってきますよ」

忠紘が台所へ行くと、幸子が冷蔵庫から氷を出しているところであった。

「そのケーキの箱、見てごらん」

白い紙の箱の中には、白い粉砂糖をまぶしたシュークリームが八個並んでいる。

「いい、あんたと私の夫婦、弥生叔母さんの夫婦、友文叔父さん夫婦、それからお義父さんにお祖父ちゃん、お義母さんは来ない、お祖母ちゃんは食べないってちゃんと計算してるんだ。普通はシュークリームなんて十個ぐらいパッと買うよね。あの忙しい時に、あの人ちゃんと店先で計算してたんだ。こわいよねぇ……」

「なるほどなあ、正美叔母さんはうちのお袋が来ないだろうって、ちゃんと踏んでたんだ。本当におっかないよなあ……」

　しみじみとケーキの箱を見つめる忠紘に幸子が言った。

「そんなもの眺めてないで早く座敷へ行ってよ。あんたがちゃんと話し合いをしたいって皆を招集したんじゃないの」

　そしてとっさにケーキの紙ナプキンをまるめ、忠紘のワイシャツのポケットにつっ込んだ。まるで飾り用のハンカチのようにだ。

「はい、これ、司会者のしるし」

「よせやい」

　座敷に戻ると、わずかの間に場面は急転していた。それもよくない事態にだ。土地をめぐって高一郎と保文の弾劾が始まっている。

「悪巧とられたって仕方ないだろう。こちらに何の相談もなく、銀行とこそこそアパートを建てる相談を始めてたんだから」

「おまけに寝たきりのお母さんに相続放棄までさせてさ。私、この話聞いた時、背筋が寒くなっちゃった。よく親子でそんなこと出来るわね」

「今日はちょうどいい機会だから、親父と兄貴の真意を聞こうじゃないか」

友文と弥生がかわるがわる低いどすのきいた声を出している。対する高一郎は目を閉じて腕組みをしている。老人らしいポーズをとることで、どうにかこの場を逃れようとしているようだ。

けなげに奮闘しているのが保文で、なんと銀行の試算表までとり出しているのだ。

「だから今夜俺は、税理士の先生に来てもらおうと思っていたのに、それに反対したのはお前らじゃないか」

「あたり前でしょう。ああいう口のうまい他人に入り込まれると、ちゃんとした話が出来ないじゃないの」

「そうだ。俺たちも最初の頃、うっかり丸め込まれそうになったんだから」

「そうはいうが」

当然保文は昂然と顔を上げた。

「俺は長男なんだ。お前たちにガタガタ言わせないよ。この家のことは俺が采配を振るう権利がある」

出ました！　と忠紘は心の中で大きく叫んだ。保文は何かの時に「長男だ」と言えばそれですべて収まると考えている節がある。幸子に言わせると、それは忠紘にも伝わっているらしい。

「何かっていえば、菊池家の長男だからっていうけど、何様だっていうのよ。全く何の意味があるもんか」

叔母の弥生がそんな時の幸子と全く同じように、唇をゆがめて笑った。

「お兄さん、いったいいつの時代の話をしてるのよ。明治時代じゃないのよ。お兄さんだって戦後の民主教育受けた人でしょう」

このあたりから次第に弥生は声が大きくなっていく。

「あのね、お兄さん、今の世の中、長男っていうことですべてが通るって思ったら大間違いよ。すべてが平等に親のめんどうをみる、そして平等に親の遺(のこ)してくれたものを分ける、って法律で決まっているんだから」

「そ、そお、そのことなんですよ」

やっと忠紘が発言するチャンスがまわってきた。

「あの、アパートのことに関してはひとまず置くとして、ここはお祖母ちゃんの看病っていうことについて考えてくれませんか。このままじゃ、僕たちはとても不満だしやっていけません」

盆にコップをのせて入ってきた幸子が、こほんと小さな咳ばらいをした。よし、よしもっと頑張れという合図である。

「僕たちはお祖母ちゃんのめんどうをみる人が誰もいないってことで、家に戻ってきたんですよ。弥生叔母さんは大阪へ行っちゃった、っていうしね」

「だから、それはね……」

円を描くように手を振る弥生を、忠紘は直線の手の動きで制した。

「その間の事情もだいたいわかりました。元はといえば、親父がこの土地にアパート建てようとしたことだっていうこともわかってます。だけどそのことでやり合ってたら夜が明けちゃうよ。とりあえず今夜は、これからお祖母ちゃんをどうするか、っていうことについて話し合ってくれませんか」

うん、いいぞと、向こう側で幸子の唇がきゅっと上がる。

「こんな言い方しちゃいけないかもしれないけれど、僕たちは言ってみれば騙されたようなもんですよ。親父と皆が喧嘩してるって知らなかったんだ。誰も看てくれる人がいなくて、親父やお祖父ちゃんが困っているっていうんでここに戻ってきたんだから。ここで分担を決めるなり誰かを頼むなりしてくれなきゃ困ります」

「だけど私は駄目よ、私はね」

遮ったのは正美だ。

「お祖母ちゃんは、私と暮らすのが嫌で病気になっちゃったんだから。そんなに嫌われている私が、一緒に暮らせるはずはないでしょう」

「そんなこと言っちゃ、実も蓋もないわよ、正美さん。そういうことを大義名分にして、お祖母ちゃんのことを知らんぷりするのは困るわよね」

「じゃあ、私が何をすればいいっていうんですか。私と一緒にいると具合が悪くなるっていう人と私が住むんですか。私を使って、お祖母ちゃんを早死にさせようっていう腹づもりですか」

興奮した正美は完全に声が裏返っている。忠紘はまあまあと手でなだめた。

「正美叔母さん、あれから時間もたっていることだし、お祖母ちゃんの気持ちも変わっているかもしれないじゃないですか。ここはみんな元の気持ちになって、お祖母ちゃんのことを考えてくれませんか」

「そりゃね、私は実の娘だから、最後は引き受けるつもりはあるのよ」

突然といっていいほど弥生の表情が変わっている。口元には穏やかな微笑さえ浮かべているのだ。

「私がやらないことにはどうしようもないでしょう。私たちがこの家に戻って——」

〝戻って〟という言葉に、微妙なニュアンスがついた。

「お祖母ちゃんを看るっていうことまで、そりゃあ考えてますよ。たった一人の娘だもの。だけどねぇ、この家がどうなっちゃうんだろう、兄さんがひとりじめするんじゃないかって考えたら、二の足を踏んじゃうのよ。するべきことをちゃんとしてくれなきゃあね」

「するべきことって」

忠紘が反射的に尋ねると、弥生は、いやねえ、そこまで言わせるの、とでもいうようにニヤリと笑った。少々照れているらしく、半分ペンシルで描いた眉がぐっと下がる。

「たとえばよ、お祖父ちゃんとお祖母ちゃんのめんどうをみるからには、この家のことだってちゃんと考えてもらわなきゃね。言わせてもらうけど、兄さんは長男だ、長男だって威張るけど、長男らしいことを一度でもしたことあるのかしらねぇ」

保文がむっとして口を開きかけたが、とうてい弥生の敵ではない。弥生はすべてをいっきに言ってしまうのだというように早口になる。

「現にここに房枝さんがいないじゃないの。そりゃあ、兄さんは忠紘ちゃんが来る前に、ちょこちょこめんどうをみてくれていたらしいけど、奥さんがあんなじゃねぇ。房枝さんの気持ちはもう読めてるじゃないの。あの人は放棄するつもりなのよ。お祖母ちゃんのめんどうをみるくらいなら、家もお金もいらないってことでしょう、ここに居ないってことは、ねっ」

これについて反論する者は誰もいない。正美夫婦は、わが意を得たりと頷いているし、対する保文チームは口の重い連中ばかりだ。幸子は今日、一応中立の立場を装っているので神妙にシュークリームのフォークを並べたりしている。

「ねぇ、みんな、もう腹を割って言ったらどうなの。親の看病するのは嫌、だけど分け前はたっぷり欲しいじゃ、通るはずがないでしょう。もうここできっちり決着つけなくちゃね。この家は親のめんどうをみた者に渡す、ってことにしたら私はいいと思うのよ」

「冗談じゃありませんよ」

正美が叫ぶ。

「たった今お義姉さん、平等に親の遺したものを分けるべきだ、それは法律で決められているって言ったばっかりじゃありませんか」

「それは建前っていうものよ。正美さん、テレビや週刊誌見たことないの？　よく問題になっているじゃないの。親のめんどうみてた息子夫婦がないがしろにされて、横合いから兄弟がさあって財産を掠めとっていくって」

「ちょっとお義姉さん、その掠めとる兄弟って私たちのことかしら」

「そんなこと言ってやしないでしょう。ただねえ、兄弟でもお金がからんでくると本当に嫌だなあと思って」

「お金だなんて……。うちの人だって私だって、ここの財産をあてにしようなんて思ったことは一度もありませんよ」

「正美さん、まだそんなこと言ってる。私が知らないとでも思ってるの。あんたたち夫婦、ここに暮らしてた時から生前贈与してくれって、お祖父ちゃんにうるさく言ってたそうじゃないの」

「おい、おい、おかしなこと言うなよ」

正美の夫の友文がぎょろりと目をむいた。この種の二枚目が睨むと相当に迫力がある。

「そりゃあ、こっちも商売をしてれば、時には資金繰りが苦しい時もある。親たちにちょっと助けて貰おうとしたって、姉さんががたがた言うことじゃないよ」

「あなたねえ、身内にまで見栄(みえ)張ることはないじゃないの。会社がにっちもさっちもいかないこと、こっちの耳にだって入ってきてるわよ。今、喉から手が出るほどお金が欲しい時なんでしょう。だったらお腹(なか)割ってきちんと話し合いましょうって私は言ってるんじゃないの。お祖母ちゃんの看病をしたくないあなたたちが、法律どおり分けて貰おうっていうのは無理かもしれないけど、私たちだっていろいろ考えないことはないのよ。ねえ、兄さん」

今度は保文を味方にひき入れようと、弥生は同意を求める。保文は、うん、とも、ああともつかぬ声を発した。女たちのやりとりにどう対応していいのか、ひどく混乱しているのだ。

「まあ、まあ、なんてえらそうなこと」

正美の唇がぶるぶると震えている。

「お義兄(にい)さんがこの家の土地を狙(ねら)っていると思ったら、お義姉さんはもっと悪らつなのね。あの出来の悪い息子にそんなにお金がかかるのっ」

「あのさ、叔母さんたち、ちょっと待ってよ」

割って入った忠紘の声は完全に無視される。その時だ、幸子の悲鳴が座敷中に響き渡った。

「きゃあ、お祖母ちゃんたら！」

開けはなした襖の陰から、奥で寝ていたはずの淑子が上半身をのぞかせている。彼女の部屋は廊下の先の台所の横にあるのに、そこから這ってきたらしい。白いガーゼの寝巻きの前がはだけ、全く艶のない白い太ももが覗いている。

忠紘は子どもの頃見た「へび女」の漫画を思い出した。淑子が這ってきた廊下は、体液でぎらぎらと濡れているのではないかと思った瞬間、恐怖が背筋をまっすぐに登ってきた。それは他の連中も同じらしい。今まで激しく争っていた弥生も正美も、大きく目を見開いたままだ。

「みんな……、やめて頂戴」

淑子はそれが病気の特徴である、直角に曲がった手首をよろよろと上にあげる。はっきりした声を出しているのが、かえってこれが現実でないような怖しさをかもし出している。寝たきりの八十の老婆が騒ぎを聞いて、かなりの長さの廊下を這ってきたのだ。これが恐怖でなくて何だろう。

「もうみっともないことはやめて頂戴よ……。本当に情けないったらありゃしない。私のことはもう放っといてよ……」

とても興奮しているらしく、淑子の唇の端から涎が流れている。それは老人の粘っ

こい涙と下唇で合流しているのであるが、誰も拭いてやるどころではない。私はね、一人で
「私はね……、あんたたちの手を借りようとはもう思ってやしない。私はね、一人で死んでいくから、もうほっといてよね……。私のことでこんなみっともない争いをして、本当に情けないよ……。今すぐは無理かもしれないけど、きっと近いうちに死んでみせるから、それまで待っていてよ……」

「お祖母ちゃん、そんなこと言ってんじゃないのよ」

実の娘だけあって、弥生がいちばん早く気を取り直した。

「お祖母ちゃんが、どうしたらいちばんいいように暮らせるか、皆で話し合ってんじゃないの」

しかし淑子は全く娘の話に耳を傾けない。独白を続ける。

「もう私は、さんざん迷惑をかけたからねぇ……。もうこれ以上はかけようとは思わない。もうちょっと待っていて頂戴、もうじき死ぬからね……」

「お祖母ちゃんたら！」

その時淑子に抱きついたのは弥生ではない。幸子がどしんとぶつかるように、淑子を寝巻きごと抱きしめた。幸子の目に涙が光っている。

「そうだよ、みんな恥ずかしくないの。お祖母ちゃんをこんなに苦しめて。いいよ、

いいよ、私が元どおりお祖母ちゃんのめんどうみるよ。私がちゃんとしてやるよ、それで誰も文句ないでしょう」

忠紘はため息をつく。どうやらまた貧乏クジをひいたらしい。

ハワイツアー

　予想どおり今年の梅雨は明けるのが早かった。そのとたん、熱帯夜が毎日のように居座るようになった。

　ビールがいちばんよく売れる季節で、房枝と保文は閉店時間がとうに過ぎても帰ってこないことが多い。もっともこれは歓迎すべきことであって、忠紘と幸子はこんな時のびのびと居間のソファで寛ぐことが出来る。

　どちらも学校と幼稚園のプールでよく泳いできたから、二人の子どもたちは夕飯を食べるなり倒れるように寝ついてしまった。こんな風に夫婦でゆっくり話すのは久しぶりである。幸子は来月から洋を、近くのスイミングスクールへ入れたいと言う。

「仮り住まいのつもりだったけどさあ、長引きそうだからね。やっぱりきちんと根のついた生活させないと」

　ほうっと頬づえをつく。きっと半年ぐらい、延びても一年ぐらいと踏んでいた祖母

の看病がいつ終わるのかわからなくなった。それというのも先月の親族会議の際、

「私がめんどうみりゃいいんでしょう」

と、幸子がタンカをきったせいである。

「私って本当に貧乏性というか、損な性格たよねえ」

後に幸子は自分で自分の頭をぽかぽか叩く真似をした。あのままおとなしくしていれば、淑子のめんどうは実の娘の弥生がみることになったかもしれない。多分、土地の分け前のことで大騒動が持ち上がったろうが、おそらく保文や友文夫婦が折れなければならないところまで話は進んだろう。

ところが這ってそれを止めにきた淑子の姿を見たばかりに、幸子はいつもの義侠心を出してしまったのだ。しかし、そう悪いことばかりではない。あれ以降、弥生はちょくちょく両親の家にやってくるようになったのだ。

「お祖母ちゃんの看病っていうよりも、私を見張りに来てるのよ。本当にこの家を狙ってないかどうかってね」

などと幸子は言うが、洗濯をしてくれたり、淑子の体を拭く時手伝ってくれるのも事実らしい。しかし好転していったということは、長期戦になったということに他ならず、忠紘と幸子は閉めきりにしてある船橋のマンションをどうするかということとさ

え考えることがあった。

「洋も美奈もね、そりゃあ船橋へ帰りたがってるよ。でもね、前みたいに口にすることはあんまりないよね。私が困るのが子ども心にもわかるんだもんね、えらいもんだ」

だからご褒美に今年の夏、子どもたちをハワイに連れていってやりたいと幸子は言うのである。

ハワイ旅行と聞いて忠紘は目をむいた。

「冗談じゃないよ、いったいどこにそんな金があると思ってんだよ。僕の夏のボーナス幾らか、君だったらもう予想ついているだろ」

「だけどさあ、うちのコたち、可哀想なんだよねえ」

幸子はまたため息をつく。芝居がかったほど大きなものだ。

「このあたりはさあ、そんな金持ちなんか住んでいない。うちみたいな普通のサラリーマンばっかりだよ。それでもさ、美奈の幼稚園でも、この夏休みはハワイへ行くコがいっぱいいるんだよ」

「そりゃあ、サラリーマンでも特殊なうちなんじゃないか。じいちゃん、ばあちゃんが金持ちとか」

「そお、そこなんだよ」

幸子はテーブルをぴしゃりと叩く。

「私もね、不思議に思って、ハワイ行くコのお母さんをつかまえて聞いたらさ、たいていおじいちゃん、おばあちゃんがスポンサーなんだよ」

「……」

「まあ、言いたかないけどさあ」

この前置詞が入る時は、当然保文と房枝の悪口が展開される時だ。

「普通の親だったらさ、ハワイ行きのチケットぐらいパァッと出してくれるかもね。お祖母(ばあ)ちゃんの看病してる孫嫁なんてちょっといないもんね。せめてものお礼に、一家四人行ってらっしゃいって。この家、お金がないわけないんだからさあ、そのくらいはしてくれてもいいかもね。だけど、ここんちの親は普通じゃないと」

最後は節をつけるように言った。

「だから幸子サンは働かなきゃならない」

「ええっ！」

「私ね、考えてみた。何もお祖母ちゃんのあれ、ただ働きすることはないんじゃないかってさ。私、このあいだ派遣センターの表を見てたらさ、私みたいに病人の看護する人はさ、看護師さんじゃなくても、日給一万三千円貰えるんだよ。私なんか弥生叔母さんが来るまで日曜日もなかったんだから、一万三千円かける三十で、えーと、三十九万円貰えるはずだよ。私、少しお安くして三十万、おたくの親とか、叔父さん、叔母さんたちに分担してもらおうと思うけどどうだろう」

「えーッ、よせよ、よしてくれよ。三十万円なんていう大金、分担したって払えるはずないだろう」

「ふっふっ、青くなってる」

幸子がふっと笑いかけたので、忠紘は冗談だったのかと胸を撫でおろす。そのとたんまたぴしゃりと幸子の声がとんだ。

「だけどさ、私はパートに行ったらちゃんとお金貰ってたんだよ。それを肉親だからってことで一銭も出ない。全く世の中間違ってるよ。だからね、私は内職しようと思うの。もちろんあんたも一緒に出来るやつをね」

「えーっ、内職だって」

忠紘は息が荒くなる。全く今日は次から次へと幸子に驚かされる日だ。

「内職って、君と僕と二人で袋張りしたり、造花つくったりするわけ」

「ちょっとあんた、昭和何年生まれよ。私より十二も若いわけでしょう。そんな『巨人の星』でやってたみたいな内職、今はないわよ。私たちさあ、一応知的な夫婦ってことになってるんだから、頭を使った内職しようよ」

「知的ねぇ……、誰が言ってるんだろ」

「そうよ、あんたは出た大学だけは立派だし、私も一応短大は出てるんだから、頭をちょいちょいって使ってさあ、そしてお金を稼ぐのよ」

「そんな都合のいい内職、あるわけないじゃないか」

「あるってばさ、このあいだ西岡さんから転居通知来てたでしょう。私、あれでピーンと来たんだけど」

西岡というのは、忠紘の大学の同級生である。銀座にある大手の広告代理店に勤務している彼は、独身の頃船橋に来てはよく夕食を一緒に食べていったものだ。

「西岡さん、よく言ってたじゃないの、アルバイトやる気だったら紹介するって。プロダクションに頼むほどでもない、チラシやパンフレットの文章書く気ないかって」

「ああ、あれか」

老舗の菓子屋が毎月小さなリーフレットを発行することになった。そこに小さなコラムをつくり、江戸のこぼれ話のようなことで埋めたい。しかし今どきのコピーライターにそんなことが書けるはずもないから、江戸文学を専攻した忠紘にどうかと持ちかけてきたことがある。

「だけどあれは三年ぐらい前の話だよ。バブルがはじけちゃって、今は本体の広告代理店も不景気だっていう世の中だぜ。前みたいにうまい話がころがってるわけないよ」

「だけどさ、聞いてみなきゃわからないじゃないの。言っちゃやなんだけど……」

この前置詞は、幸子の自慢が始まる時だ。似た言葉でも、姑の悪口の前にふる時とはかなりニュアンスが違う。少々照れながらも、ぷうっと得意そうに鼻の穴をふくらませるのだ。

「私、西岡さんに随分ご馳走してきたよ。今じゃ美人の奥さんもらって、うちにちっとも寄りつかないけどさ、あの頃は会社の帰りにしょっちゅう来たじゃないの。あんたが居なくても図々しくテーブルに座り込んでご飯食べてったんだよ。私、もしかしたら私のこと好きなんじゃないかって勘ぐったくらいだよ」

忠紘は吹き出しそうになるのを咳払いでごまかした。

「君のことを好きだったって、それはなかったと思うよ。西岡って広告代理店就職したぐらいだからわかると思うけど、女の好みがとっても単純なんだ。昔からスチュワーデスやモデルに声かけちゃ振られてたもの」

「ふーん、じゃ、あんたって女の好みが複雑怪奇って言いたいわけ。そりゃあね、ひとまわり上の人の女房と結婚したんだもん、あんたって究極の変わった趣味の持ち主かもしれないよねぇ」

「そういうことじゃなくってさ」

　幸子の頬がみるみるうちに膨れてきたので、忠紘はうまく言い繕う糸口を見つけようと焦った。

「そのさ、あいつってただの常識家だからさ、親友の女房にその気出したりしないっていうこと」

「ふん、うまく誤魔化しちゃって。ま、いいや。あの頃西岡さんさ、自分のうちみたいに帰り寄ってさ、『何かない？』ってさんざん夜食ねだったんだよ。私もまぁ、嫌いじゃないからさ、ちゃんと雑炊やお茶漬けつくってやってさあ、あん時、お金を貰えばよかったよ。千円とは言わないけど一食七百円、少なくとも五十回は食べたから三万五千円にはなってるよね」

「おいおい、今日はやたらケチくさいことを言うじゃないか」

「そりゃそうだよ。本当にお金欲しいんだもの」

　幸子が真剣な顔になってくると、老けてとても淋しげに見える。忠紘はそれを見るのがあまり好きではない。幸子は笑ったり、怒って膨れたりするのが似合う。早口でこちらをやっつけようと身構える時など、あまりにも可愛(かわい)くてうっとりと見惚(みと)れるぐらいだ。

「やっぱり僕はちょっと趣味が複雑怪奇なんだろうか」

と忠紘は自問自答するのである。

「それに今度のお中元にはさ、カワグチさんにはちゃんとお礼したいしさ」

カワグチさんというのは近所に住む主婦で、子どもが美奈と同じ幼稚園に通っている。高校を卒業してすぐ結婚したため、まだ二十三歳という若さだ。なんと幸子とは二十三歳の年齢差がある。娘といってもいい年の彼女を、幸子はさっそく手なずけ、子分のように使っているのだ。五時過ぎでなければ帰れない幸子に代わり、幼稚園まで美奈を迎えに行ってくれ、家でしばらく預かってくれるのもカワグチさんだ。

「やっぱり知らん顔出来ないよねえ。何だかんだでお金いるよねえ。あーあー同居したからっていいことは何にもないよ。こういう物入りがあるの、お義母(かあ)さんは知ってんのかね、全く」

そしてもう一度「あぁ、ハワイへ行きたい」と幸子はつぶやくのである。

翌日忠紘は、売場から西岡に電話をかけた。広告代理店の営業という仕事柄、彼がすぐにつかまるということはまずない。こちらに電話をくれ、と伝言をし、それがかかってきたのは閉店間際のことであった。

忠紘は得意客の一人に、薩摩絣を勧めている最中だった。薩摩絣は粗い木綿糸をきっちり織って、大島紬のような艶を出したものである。着物通なら一枚は欲しいといわれるのであるが、なにしろ値段が高い。木綿ものであるにもかかわらず、ちょっとした訪問着ぐらいはする。

「本当にしゃれたものだけど、お値段がお値段で考えちゃうわ……」

最近めっきり財布の紐が固くなった医師大人は、思案にくれ首を何度も左右に振るのだ。

「訪問着だったら主人に言いわけがたつけれど、これは普段着ですものねぇ、本当の贅沢よねぇ」

忠紘はこの頃感じるのであるが、不景気というのは、まず一部の人たちを直撃し、そしてその後は多くの人々の心の中に巣喰うものではないだろうか。景気に関係ない医院の奥さんでさえ眉を曇らせて、そんな気分になれないという。三、四年前の太っ腹な買い物をした女とは別人のようだ。姪の結婚式に出るという彼女に、忠紘は八百万の人間国宝の留袖を売ったことがある。

が、それももう過去の話だ。今の彼女は薩摩絣の値札をいじるのをやめて言った。

「やっぱりよく考えるわ」

この業界でこの言葉が出たらそれは断りの合図である。女たちは欲しい着物にめぐりあえたら、「よく考え」たりはしない。どれほど無理しても手に入れるのだという焦りと、高価な買い物をした昂まりとが、彼女たちを怒りに似た表情に変える。忠紘は十年近くこの職場にいるが、にこにこ笑いながら着物を買う女などほとんど見たことがない。

「じゃ、仕方ない、いただいてくわ」

「ちゃんと間に合わせてくれるんでしょうね」

彼女たちの決断は、不機嫌に素っ気なく、しかも唐突になされるのである。

何も買わずに帰る客の方が、はるかに愛想がいい。

「じゃあ、展示会には必ず伺うようにするわ」

「お待ち申しております」

医師夫人が帰った後、売場の一角にある事務室に戻るとメモが置いてあった。忠紘の居るデパートでは、接客中は私用電話は取り次がないことになっている。メモは西岡からで至急電話が欲しいと書かれてあった。

「よお、元気かよ」

西岡は顔立ちもいいが、男らしいよくとおる声も持っている、という種類の男だ。

「それで用事って何だよ」

「うーん、ちょっとね」

まさか職場でアルバイトの依頼が出来るはずはないではないか。

近いうちにちょっと会えないだろうかと忠紘が持ちかけたところ、何だったら今日がいいと相手は言った。

「明日から俺、佐賀へ出張なんだ。だから今日がいい」

「佐賀とはまた地味なところへも行くんだな」

確かこのあいだまで、ロスだ、バルセロノだと、得意気に口にしていた男である。

「仕方ないさ、この景気だろ、今まで地元の代理店やプロダクションがやっていたような仕事を、さらって来いっていうのがうちのおエライさんの方針だ」

「ふうーん、いろいろ大変なんだ」

これではとてもアルバイトどころではないと、忠紘は軽く舌うちしたいような気分と、いやこれでよかったのだという安堵が同時にくる。

「久しぶりにお前のとこへ行こうかな。幸子さんの料理も食べたいしな。あの人、本当に料理うまいよな。俺、こんなにうまい料理食べさせてくれる人がいたらどんなにいいかと思ったよ。お前と彼女が離婚して行き場がなくなったら、うちの家政婦になってくれたなら最高だなァ、なんて本気に思ったもんさ」

西岡は幸子が聞いたら憤死しそうなことを、こともなげに口にする。

「うちは駄目だよ……。だって親と同居中だから」

「あ、そうか、そうか。家に帰ってるんだよな。俺、今でも船橋にいるような気がしてたよ。だけどお前も偉いなあ、よく同居する気になったよなあ。それも、祖母さんの看病のためっていうじゃないか。お前は昔から、気がいいっていうか、嫌なこともしぶしぶ引き受けるところがあったもんなあ。だけどよくやるワ、俺だったら絶対に逃げ出すけどな」

それにしても話の長い男である。これは彼の性格というよりも、私用電話を何の気兼ねなくかけられる職場の雰囲気によるものだろう。

「だったら新宿の『牛歩亭』はどうだろうか」

「お、いいね。あそこも久しぶりだからな。俺もさ、菊池にいろいろ話したいこともあるのさ」

三十半ばの男がこう口にしたら、何を話したいのかたいてい見当はつく。男は同級生に対し仕事のことはそう愚痴らないものだが、家庭内の問題はこと細かに話すものだ。おそらく妻とうまくいっていないに違いないと忠紘は思った。前から、

「どうも合わない、どうも違う」

と西岡がこぼしていたことがある。が、四カ月ぶりに会った西岡は、忠紘の予想よりも進んだ事態を口にする。

「もう女房とは別居しているんだ」

「愛人でも出来たのか」

忠紘がとっさに尋ねると、

「ううん、そんなんじゃなくてぇ」

相手は悪戯（いたずら）を白状する子どものように、あどけなく首を横に振る。附属の中学校から一緒の西岡は文句なしのお坊ちゃまで、つるりと女のような肌（はだ）をしている。長い睫（まつ）毛（げ）の目、かすかに八重歯がのぞく口元と、いかにも「女好き」のする顔だ。

「あのさ、この頃僕はつくづく結婚に向いていない男だったっていうことがわかったのさ。結婚すると自分の時間っていうものが無くなるじゃないか。ちょっとＣＤでも聞いていようもんなら、子どもを公園連れてけとか、買い物に車出せとかさあ、僕は

ああいうのに耐えられないワケ。女房は怒って実家へ帰っちゃったけど、今は最高だよ。好きな時に本は読めるし、うるさいことをいう人間はいない。本当によくわかったんだけど、僕はエゴイスティックで我儘（わがまま）な男だから、ひとりで暮らすのがぴったりなんだよ」

「でもさ、そういうことって子ども二人つくる前に気づくべきことじゃないか」

「僕もそう思う。だけど気づいたのが最近だから仕方ないじゃないか」

そんな笑い方をする西岡の顔は甘く綺麗（きれい）で、身勝手な男に実にふさわしい。

「礼子ちゃん、可哀想だよな」

忠紘は思わずため息が出た。礼子というのは西岡の妻で、結婚式の前後何回か会ったことがある。有名女子大に通っている最中、合コンで西岡と知り合ったのだ。卒業してからはずっとイレギュラーという立場だったはずなのに、突然西岡と式を挙げた。美青年の西岡に、礼子の方がずっと熱を上げていたというのが周囲の説だが、真相は定かではない。

「あの人、お勤めしたこともないお嬢さん育ちなのにさ、子ども二人いて大変なんだろうなあ」

「そんなことないってばさ」

西岡は全く他人ごとのように焼肉の一片をつまむ。

「あいつの実家じゃ大喜びだと思うよ。可愛い娘が孫連れて帰ってきてくれたんだもの。あのさ、僕たちがここまでこじれたのはさ、お互いの実家がよく似てるせいだと思うよ」

「似てるってどういうことだよ」

「どっちの家もまず子どもに甘い、口出しする、ちょっと金がある、それからすべてを他人のせいにする精神」

「最近よく聞く話だな」

「そう、そう、ありきたりのパターンだよ」

「だけどお前はいいよなあ、なんていうか、ありきたりの強さっていうもんがあるじゃないか。家庭内の問題は、ありきたりの方がいいよ。他人は同情してくれやしないけど、聞き流してくれるしな」

「どうしたんだよ、菊池、今日はやけに深刻じゃないか」

「深刻にもなるよ、俺の家のことを誰かに相談しかけるとさ、皆、興味しんしんの表情になるんだ。あれ見ると嫌になるよなあ」

「そうかなあ、お前のとこだってありきたりの部類だぜ。女房が年上でお袋と仲が悪いなんてさ。ほら、清田っていう奴いたじゃないか。大学進めなくて、高校だけでアメリカ留学した奴。確かあいつも……」

「あのさ、うちの場合はちょっとスケールが違うしなあ。女房がひとまわり上なんてあんまり聞かないだろ」

「ええっ、幸子さんって確か五つ上じゃなかったのか」

「十二、誕生日が来れば十三年上！」

「ギョエーッ、ひとまわりねぇ……、僕はもっと若く見えたぜ」

「ほら、お前だって興味しんしんになるじゃないか」

「ごめん、ごめん、悪かったよ」

西岡が素直に謝ったので、忠紘はビールを酌いでやった。けれども彼の開けられたままの唇は、今の話が大きな驚きだったことを表している。

「だけど幸子さん、五つ年上だって僕には言っていたぜ」

「そういうことになってんだから、聞かなかったことにしてくれよ。あいつ、結構お前のこと気に入ってるんだから」

「わかったよ」

しばらく沈黙が続いた。西岡は気のいい男だ。今自分が口を開けば、からかい半分の言葉が出てしまうのではないかと怖れているに違いない。そして沈黙の長さがあと少しで気まずいものになるという時、西岡が口を開いた。

「それで用って何だよ。お前から電話かかってくるなんて珍しいけど……」

「あのさ、もう前のことになるけどさ、ほら、俺に出来そうなアルバイトがあるって言ったじゃないか」

　忠紘は手短かに金が欲しいこと、そのために仕事があったら世話をしてもらいたいと伝えた。

「やっぱりあれか、デパートっていうのもそんなにひどいか」

「ひどいことはひどいが、今日明日どうにかなるなんてもんでもないさ。ただね、家中でハワイへ行きたいなんて女房が言い出したもんで……」

　ハワイという名を発音すると、自然と胸がそる。

「アルバイトねぇ……」

　西岡は腕組みをした。彼の好きなカルビはあらかた食べつくし、炭化した肉の小片がちっちっと小さな音をたてているだけだ。

「三年前ならまだいろいろあったがなあ、今は名の知れたクリエイターたちもゴミみたいな仕事をしている時代だしな……」

「ほら、江戸のことをコラムに書くっていったリーフレットは」

「あんなのはとっくに失くなったよ。真先に切られるのは、ああいう社長のご道楽さ」

「ハワイに行くため、なんていうと贅沢に聞こえるかもしれないけどさ、今、そういう風穴つくらないと、うちは駄目になっちゃうかもしれない。子どもを行かせたい、なんて言ってるけど、いちばん行きたがってるのは幸子なんだ」

「わかるよ、ハワイっていいもんなあ……」

西岡はまるで老人のような、思い出をたどる眠たげな視線になった。

「僕もさ、結婚する前に礼子と行ったことがあるけどさ、あの時は楽しかったよなあ。一生僕たちは仲のいい恋人同士でいられるような気がしてた。全くあのまま結婚しなきゃよかったんだ」

突然顔つきが変わり、吐き捨てるように言った。

「ハワイへ新婚旅行へ行くのは馬鹿だぜ。あそこは婚前旅行して、そのまま破棄するとこなんだ」

「じゃ、家族旅行しようなんていうのは大馬鹿もんだろう」

「ま、仕方ないよ、お前のところは、うちと違って結束固いからな。幸子さんと家族をめいっぱい楽しんでるっていう感じだもんな……。あ、そういえば」

西岡はふん、ふんと急に頷き始めた。

「本当に手間ばっかりかかって、つまんない仕事があるけどやるか」

「やる、やる」

「これをやってた三流のコピーライターなんだけどさ、最近仕事が失くなってあんまり暇なもんだから今度田舎へ帰ることになったんだ。九州へ帰ってカメラやりながら寺を継ぐんだってさ」

「何ていう奴なんだ」

「そうだ、あいつがやってたぐらいだから大丈夫。仕事はそうむずかしくないんだけどとにかく量が多いんだ。雑誌、パンフレットから箱のコピー、それから顧客に出すお便り通信とか、やたら書かなきゃならん」

「俺、この頃お客に出す展示会のパンフレットも自分で書いてるぐらいだから、ちょっとした仕事なら出来ると思うんだけど……。大丈夫かな」

「平気さ、コピーのセンスなんて全く必要としない仕事だから。和歌山に本社があって、通信販売で強精剤売ってんだ。これが結構売れてんだな」

「強精剤！」

忠紘はビールをごっくんと呑み込んだ。

一緒に焼肉を食べてから四日後、西岡からどさりと資料が送られてきた。中身を見て、本当にやる気だったら電話をしてきてくれというのだ。この「凜々丸」という強精剤は、すっぽんのエキスに、オットセイの睾丸を粉末にしたものを混ぜ合わせたものだという。中国四千年の秘法とされていたが、北京の医療学院で研究中だった男性医師がその製法を会得し、大反響をよんだと資料には書いてある。

うさんくさい髭男が、中国人の老人と握手をしている写真があった。老人は大学教授にして著名な医師だということがずらずら書かれている。つまり男性向けの雑誌などでよく見る、怪し気な強精剤の広告なのであるが幸子は大喜びである。

「なんだか〝おんな糸井重里〟になったような気分さ」

さっそく近くの文房具屋から原稿用紙を買ってきたので、忠紘は教えてやる。

「あのさ、今どき原稿用紙使うコピーライターなんかいないと思うよ。僕だって会社に出すような書類は、全部ワープロ使っているもの」

「じゃあ、私はどうすればいいのよ。私、ワープロなんか使えないよ」

「僕が打ってやってもいいんだけど、ワープロは会社に置いてあるしなあ、アルバイトの原稿まさかあそこで打つわけにはいかないだろ」

言いかけて、ああ、そうだ、そうだと忠紘は首を横に向ける。その壁の向こう側は、妹の久美子の部屋だ。

「久美子の奴、確かワープロを持ってたよな。あいつに頼めばいいじゃないか。どうせ暇そうにしているんだし……」

製薬会社の総務部に勤める久美子は、入社シーズンの頃こそ忙しそうにしていたが、今は残業もなく毎日早く家に帰ってくる。

「そうだよね、そのくらいしてくれてもいいかもね……」

隣りの部屋を気づかって、幸子は急に小声になるが、声とは反比例して顔は生き生きと、表情が大きくなる。

「お義母さんのことは、もう〝呆れた〟を通り越してあきらめているけどさ、久美ちゃんもすごいよねぇ。お祖母ちゃんの顔をのぞきに来ることもないよ。同じ孫でもあんたとは大違い」

「そりゃあ、そうかもしれないけどさ、ちょっと言いわけさせてもらうと、あいつは二番目の孫で、しかも女の子だったもんで、お祖母ちゃんたちも、そうちやほやしなかったんだよ。ほら、うちのお祖母ちゃんって昔の人だから封建的なところがあるだろ、男と女で差別したんだな。僕はさ、跡取りだってことで扱いが違ったよ。久美子の奴、そのことをまだ恨んでるんじゃないのかな」

「ああ、また始まった。あんたの美しすぎる解釈、身内にはやたら甘いストーリー！」

幸子の声が突然大きくなる。

「あのね、言っちゃゃなんだけどさ、あんたの妹はそんなナイーブな人じゃないってば。単に気がきかなくて、自分勝手なだけなんだってば」

「そうかなあ……」

「見ててわかんないわけ？　いい、嫁の私が、血も繋がってないお祖母ちゃんのめんどうを毎日みてんだよ。帰りに大急ぎでスーパー寄ってさ、子ども迎えに行ってさ、ご飯のおかずつくるような生活をもう三カ月もしてるわけじゃないの。それなのにあんたの妹ときたら、夕飯を一度でもつくってくれたことがある？　私の用意したものをさ、ものも言わずに食べてさ、自分の食器だけ洗って、すぐに部屋に入っちゃう。ああ、驚いちゃうよね、こんな小姑がいるって身の上相談なんかに出したらさ、女の弁護士さんとか評論家のセンセイたちなんかきっと、すぐ別れちゃいなさいって言うに決まってる」

その言葉に忠紘はドキリとする。幸子には内緒にしているが、十年前房枝がやたら投書をしていたことを、実は妻は知っているのではないだろうか。知っていて皮肉を言っているのではないだろうか。

しかし幸子は、思っていたよりもあっさりと自分で話を締めくくった。

「あんたがいけないんだよ。急に久美ちゃんにワープロを頼め、なんて言うもんだからさ、言わなくてもいいことを、いろいろ言っちゃったじゃないの」

「悪い、悪い」

これはおかしな会話だ。忠紘は身内の悪口を言われたわけであるから、謝るのは本来妻の方なのだ。しかし忠紘はこういう時、反射的に詫びの言葉が出る。幸子の言うとおり、「言わせてしまった」罪というものは大きいのだ。家族のことで迷惑をかけている、という負い目を持っている夫は、妻の不機嫌や鋭い言葉は、すべて自分のせいだと思うことにしている。そうしさえすれば、それほど大ごとにならずに済むのだ。

事実、目の前の幸子はすっかり穏やかな顔になり、ぐすりと鼻を鳴らした。

「考えてみると、久美ちゃんも可哀想かもね。もう二十八歳なのに、結婚相手どころか恋人もいない。そのうえ、隣りの部屋でいつも兄夫婦がいちゃいちゃしている……と」

「あ、馬鹿、そんなとこ、触るな」

忠紘は慌ててあたりを見渡す。二人の子どもはベッドの下ですやすや眠っているが、隣りの部屋からはさっきまでＣＤが聞こえていた。

「関係ないよ、久美ちゃんももう気づいてるってば」

やがて幸子はおもむろに言う。

「ねえ、凜々丸の試供品貰ってきた方がいいと思うよ、この頃のあんた」

次の日から幸子の苦吟が始まった。忠紘が家に帰ると、慌てて資料や原稿用紙を隠す幸子がいた。

「あぁ、びっくりした。お義母さんたちかと思ったじゃないの」

「お袋に見られると不味いわけ？　いいじゃないか、悪いことしてるわけじゃないし、アルバイトなんだから」

「そりゃそうだけどさ、こういうことはやっぱりお義母さんには見せたくないよね。こそこそお金貯めてさ、ある日突然、親子四人でハワイ行きます、って言ったら、どんなに胸がすっきりするだろうかねえ。あんたたちがしてくれなかったことを、自分たちの力でやった、っていうとこを見せたいよねえ」

「三並びって言ってた」

「えっ？」

「三並び、つまり源泉徴収分入れて三十三万三千三百三十三円、こちらの手元に三十万円入るっていうことだ」

「ちょっとォ、三十万円っていったら、あんたの給料より高いじゃないの」

　幸子の目が据（す）わっている。

「西岡が言うには、前だったらこれだけの量をこなしたら、百万は貰えた仕事なんだそうだ。だけどいまは贅沢いってられない時代だし、僕たちはシロウトなんだからな」

「そりゃあそうだよ、だけど三十万円なんてねぇ……」

　そういえば世の中が華やかだった頃、忠紘のところでやたら着物を買いまくる金持ちの夫人がいた。彼女の夫は、時々テレビや雑誌にも登場する有名グラフィックデザイナーで、大企業のポスターや新聞広告を数多く手掛けているという。夫と美大の同級生だったという妻は独得の色彩感覚を持っていて、ちょっと変わった着物や着方を好んだものだ。かなりの自信を持っていて、しきたりはあえて無視する。渋い紬（つむぎ）にキラキラ光る玉虫の帯を組み合わせたりするのだ。

　忠紘は彼女の着こなしはあまり好きではなかったが、その買いっぷりは大好きだっ

た。気に入ったものが三枚あると、

「迷って後悔するのは嫌だから」

と、三枚全部買っていくような女であった。

　かなりたってから他の顧客から聞いた話によると、くだんのデザイナー氏はしょっちゅう浮気をし、そのたびに妻は宝石や着物を買って憂さばらしをするのだそうだ。洋服はどんなに買いまくってもタカが知れている。その点着物はいくらでも金を費やすことが出来る。だから夫を苦しめるには最適なのよ、と彼女は言ったというが、あくまでも噂話だ。

　そんなことより、あのデザイナーにしても、広告というふわふわした世界の中で、べら棒な金額をとっていたのだと忠紘は、今さらながらふうむとうなるのである。

「ねえ、私の書いた分、読んでくれる？」

　幸子が照れながら原稿用紙を差し出した。確かに西岡から依頼された原稿量は大変な量があり、忠紘と幸子は分担して書くことにしたのだ。

　忠紘は雑誌広告記事を受け持ち、幸子はパンフレットを書くことになった。薬事法に基づく事実の確認や、写真の打ち合わせのため本当は会社に出向かなくてはいけないのであるが、それは西岡が代行してくれることになった。最近わかったことであるが、どうやら西岡もアルバイトでこの仕事を引き受けたようだ。会社の正規のルートを通さずに、こうした小さないささかいかがわしい仕事は遂行されていくらしい。

広告業界というのは、本当に不思議なところだと忠紘は驚いてばかりいる。

「どうかしらね、中身はともかく、字数はきっちり合っているよ」

幸子は得意そうだ。よく人から意外と言われる綺麗な字が、原稿用紙にきっちり並んでいる。

「忙しい現代人のあなた、ストレスに疲れているあなた、あなたは健康に自信を持っていますか。毎日張りのある生活をおくる、それこそが健康です。あなたの健康は本物でしょうか。すっぽんは大昔から滋養に最適な食べ物と言われていました。それにオットセイが加われば、まさに鬼に金棒というものです。中年から必要な各種ビタミンをはじめ……」

ここで忠紘はふうむと腕組みをした。

「なんだかこれ、西岡の言っていたのとは違うような気がする」

「何が違うのさ」

「あのさ、西岡が前面に押し出したいのはさ、夜の生活がぐんと強くなるっていうことなんだよ。どんなジイさんも、精力リンリンになれますよ、っていうことを書いて欲しいっていってたと思うんだけど。それもさ、薬事法にひっかからない程度に、うまくやってくれってことだよ」

「だからやってるじゃない。表向きは格調高くしてさ、その裏じゃリンリンを臭わせてる。これ、ちょっと素人じゃ出来ない技だと思うけどな」

　幸子は内心相当の自信を持っていたらしく、たちまち頬がふくらみ始めた。昔から文学少女だった彼女は、幾つかの読後作文コンクールに入賞したというのが自慢なのだ。本気を出して書きさえすれば、すぐにどこかの小説誌の新人賞に入るに違いない、というのは、幸子のとっておきの希望というものであった。幸子の目が怒りで光っている。考えてみるとこのコピーは、幸子の処女作なのだ。こんな時は第三者の意見が必要となる。

「わかった、じゃ、ちょっと西岡に電話してみようか」

　夜の九時ではまだ帰っていないのではないかと番号を押したのであるが、受話器はすぐに取られた。

「はい、西岡でございます」

　忠紘は思わず受話器を取り落としそうになる。別居中だと聞いていたのに、どうして女の声がするのだろうか。もしかすると西岡の新しい恋人かもしれぬ。しかしそんな女性が、これほど堂々と電話に出るものだろうか。

「あの……、奥さんですよね」

「はい、そうですけど」

うっかりと問うたところ、憮然とした答えが返ってきた。あたり前だ、どこの世界にこんな質問をされて喜ぶ女房がいるだろうか。しかし忠紘は日頃の訓練で、こういうとき取り繕うのが非常にうまくなっている。

「じゃ、礼子さんですね、お久しぶりです、僕、西岡の同級生の菊池です。ほら、結婚前や新婚の頃、何度かお会いしている」

「あら、まあ、菊池さん、しばらくぶり」

それほど親しく会話をした記憶もないのであるが、礼子は楽しそうな声をあげる。

「たまには菊池さん、こちらの方に遊びにいらして下さいよ」

「ええ、ありがとうございます」

西岡の奴、別居なんて嘘じゃないかと、忠紘は本気で腹を立てた。ところが電話を替わった西岡は、しごくのんびりとした調子で言う。

「この頃さ、週末とか気が向いた時に帰って来るのさ。子どもたちも喜ぶしさ、僕も週にいっぺんヤツに会うぐらいならいいかなあ、って思って」

「会った時に、お互いつんけんしたりしないのか」

「そんなこともないよ。女房もそう機嫌が悪くないよ。ヤツが言うにはさ、子どもが小学校入るまで、離婚は絶対にしたくないんだってさ。自分が出た私立へ入れようって頑張ってるからなあ。僕もこのペースでやる分には、そんなに問題はないしね」

「本当に変わった夫婦だぜ……。ところで例の原稿、最初の方が出来たんだけど、この調子でいいかちょっとチェックして欲しいんだ」

「ＯＫ、じゃあすぐにファックスで送ってよ」

「お前、何考えてんだ。お前のところと違ってここは堅気の勤め人のうちだぜ。ファックスなんかあるはずないだろ」

言いかけて、ここから徒歩で十五分ほどの保文の店にファックスがあることを思い出した。この家は必要なものが、どうして自分たち夫婦以外の者の掌中にあるのだろうか。

「じゃ、俺、これから近くのコンビニから送るワ」

忠紘は久美子の自転車に乗り、夜道を走った。

ファクシミリを送り終わり、幸子から頼まれた牛乳と食パンもついでに買い、息せききって帰ってきたら電話が鳴っていた。

「西岡さんからじゃない、きっと」

幸子ははなからそう決めているようだ。無精たらしくテレビの前から離れようとしない。そのくせ、様子は気になってたまらないらしく、ちらちらとこちらを見ている。

「おい、いま読んだところだ」

「そう、どうだった」

「駄目（だめ）だよ。あれじゃ使いものにならないよ。例えばだな……」

電話口の西岡は別人そのものだ。すっかり営業マンの口調になっている。

「コツさえわかれば、お前に出来ないような仕事じゃないと思う。来週クライアントのところへ持っていくことになっているから、それまでにもう一回挑戦（ちょうせん）してくれよ」

「わかったよ」

受話器を置き、忠紘は身を投げかけるようにソファに倒れ込んだ。

「あーあ、いろいろ言われて嫌になっちゃったよ」

「そんなに私が書いたもの、ヘタだったの」

幸子が不安気にこちらを見る。そんな時の妻の唇はあどけなく開き、忠紘は意外なものを見た思いで少々照れる。そして必死に言い繕うのが常だ。

「いや、そんなことはない。文章はすごくうまくてしっかりしてるけど、強精剤の広告にしちゃ品がよすぎるって……」

　忠紘は自分の機転に我ながら感動することがある。ああ、なんて相手を傷つけることなく、優しいヴェールで包むのがうまくなったんだろう、お前は！

「そうかあ、わかるんだけどさあ、下品な文章って書こうとしても書けるもんじゃないもんね」

　幸子はちょっと口をとがらしたが、不機嫌にはなっていない証拠に目がおどけている。

「西岡が言うには、他でやるように、誰か登場人物を出したらどうだっていうんだ。私はこれですっかり元気になりました、っていうおじさんを」

「えー、あれって本物じゃなかったの。私の知り合いなんて、幸福を呼ぶペンダントの広告を信じてすぐに買ってたよ。だってあれ、片思いの彼がすぐにプロポーズ、なんていう購入者の声がいっぱい載ってるじゃないの」

「本物の手紙も確かにあるだろうけど、たいていはコピーライターの創作だよ。それで西岡が言うにはだな、キャラクターを三人ぐらい設定して、彼らに喋(しゃべ)らせろ、っていうのさ」

「私は、これでこんなに女房を喜ばせました、っていうやつね」

「お前、結構見てるじゃないか」

「や－ね、週刊誌めくってると、嫌でも目に入ってくるんだもの」

「よし、うんとスケべったらしい親父を想定しようぜ」

忠紘は何やら楽しくなってきた。

「スケべったらしい親父の職業っていったら、やっぱり不動産業者か」

「あんた、何年前の話をしてるのよ。いま、あのおじさんたちがバブルはじけていちばん元気ないんだから」

「じゃあ、やっぱりサラリーマンになるかァ」

「そうよ、サラリーマンってさ、リアリティっていうか、悲哀っていうもんがあるじゃない。ねぇ、こんなのどう、蓮池正さん、四十二歳デパート勤務」

「おい、おい、人の名前を勝手にもじるなよ」

「いいじゃないの、その方がいろいろ考えやすいわ。『愛飲者の声その1、蓮池正さん！』」

幸子は歌うように喋り始めた。今までも怒り出すと、漫談師のように相手になりきってペラペラと言葉を並べることがあるから、こんなことはお手のものかもしれない。

「『いやあ、デパートというのはきつい職場です。ノルマはきつくなる一方だし、売り上げはご存知のようにお先真暗ですからねえ』」

「わかってるじゃないか」

忠紘は合いの手を入れる。

「『会社の疲れはそのまま家に持ち帰ることになる。はっきり言って夫婦生活なんていうものは縁遠くなる一方です』」

忠紘は途中から笑ってばかりもいられないと気づき書きとめることにした。ちょっと待っていろよ、と言って冷蔵庫から缶ビールを二本取り出してくることも忘れない。アルコールの入った幸子の舌はますます滑らかになった。

「『女房は最近不機嫌になることが多いし、私にあたる、家の中がうまくいかなけりゃ、当然仕事の方にも響きますよ。だけど男の自信ってこういうものでしょう』」

「う、うま過ぎる！」

「『そんな時にめぐり逢ったのがこの〝凜々丸〟です。初めて聞いた時は信じませんでしたよ。だってこういう強精剤って怪し気なものが多いですからね』……」

「読者の心理をうまくつかんでるぜ！　だけど、もうちょっとゆっくり喋ってよ」

「ＯＫ。うーん、えーとね、『だけど三日飲んで本物だって確信しましたね。次の日四十過ぎの私に、古女房がこってり流し目をするんです。あなたって昨夜、どうしたのよ、ってね』」

「お前、何かを読んでると違うか」

「そうじゃないわよ。あの手の広告、やることが決まってから勉強してたの。いい、いくわよ。『いやあ、古女房でも喜ばれるのは嬉しいもんですよ。可愛いなあと思ったらつい』……」

　夫婦で爆笑しながらの夜は更けていった。


　原稿を書き上げた幸子は、すっかり気分が高揚してしまったらしい。なんと三日めの夜には、さまざまな旅行会社のパンフレットをとり揃えて忠紘を驚かせた。

「まだまだ間に合うってスーパーの旅行社の人は言ってた。安いのはハワイでも九万円台からあるんだよ。だけどシーズンオフが条件だからさ、八月や九月に使えるはずないよね」

「おい、おい。獲らぬ狸のナントカにならないようにしてくれよな」

「大丈夫ってば。西岡さんも気に入ってくれたんでしょう。また仕事をお願いするって言ってくれたんでしょう。三十万円かける二は六十万円。三十万円かける三は九十万円！　たりらりら〜」

ビールとつまみを置き、空になった盆を揚げ、バレエを踊るしぐさをする。こうなったら誰も止めることは出来ない。

「ねぇ、ねぇ、洋、あんたハワイ行くの、嬉しいだろ」

「うん、嬉しいよ」

テレビゲームに夢中の洋は、うわの空の返事をする。

「お前、この母を信じていないな、こらっ」

上機嫌の幸子はやおら洋に飛びかかり、しつこく頬ずりを始めた。

「〝お母さま、夢みたいです、ボク、幸せ〟っていうんだよ、コラ、言わないか」

「やめてくれー、何すんだよー」

つい最近までくすぐったそうに笑ってばかりいた洋だが、小学二年生になったこの頃は露骨に迷惑そうな顔をする。すると幸子はますますきつく息子を抱き締めるのだ。芝居がかった言葉を次から次に浴びせる。

「お前にもいろいろつらいめにあわせたよねえ……。だけどお母さんは、いつもいつもお前の幸せだけを考えてたんだからね。ハワイだよ、夢のハワイ。おお、いとしい息子、二人してあの楽園で遊ぼうぞ」

「よせっ、よせったら」

洋は初めて聞くような男の子らしい怒り声を上げ、母親の腕からすり抜けた。傍にいた美奈がその様子にキャッキャッと笑いころげる。すると幸子の悪ふざけの対象はこちらの娘の方に移った。

「ちょっと待て！　娘のお前が母の労苦を笑うのか」

美奈のギンガムチェックのスカートの裾がぎゅっとつかまれる。前かがみにころびそうになるところを、幸子がまた強く後ろにひっぱる。ソファの上の追いかけっこはしばらく続いた。母親の執拗さに逃げ出したはずの洋が、今度はかまってもらいたくてちょっかいを出したりする。忠紘はビールを飲みながらそんな光景を見ていた。興奮の極みまでいった美奈が、キーッと鳥の鳴くような声をあげている。

「すごい声ね。ご近所まで聞こえるじゃない」

居間のドアが開いて房枝が入ってきた。

「あ、お義母さん、お帰りなさい」

テレビドラマのきまりごとのように、姑が入ってきたとたん、幸子は娘のスカートから手を離し、子どもたちもしんと静かになった。

「美奈のキーキー声、角を曲がった時から聞こえたわよ」

「まさかァ」

「本当よ。夜になるとこのへん、しんとしてしまうから声が響くのよ。こんなに暑くなってきたら、窓を開けとくおうちも多いでしょうから気をつけなきゃ」

「すいません、皆でちょっとふざけてたもんですから」

「皆でハワイへ行くから？」

幸子と忠紘は〝しまった〟と顔を見合わせた。テーブルの上には色とりどりのパンフレットが並べられたままになっている。

「まあ、どうなるかわかりませんけどね、行けたらいいなあと思って……」

幸子は手早くパンフレットを片づけ始めた。陰では威勢のいいことばかり言っているが、実際に姑を目の前にすると幸子はとたんに気弱になる。以前忠紘がそのことを指摘したとたん、

「あんたに何がわかるのよ。私は家庭の調和ってことを考えてじっと我慢してるんじゃないの」

幸子に怒鳴られたことがある。

「あのお義母さんに言いたいことは山のようにあるけどさ、それを口にしてごらんよ、百倍ぐらいになって返ってくる。そうなればあんたも嫌だろうし、子どもだって可哀想だ。だから私は嫁に徹して、ひたすら耐えてるんだから」

幸子に言わせると、ヘタに怒らせて、こじれた姑の心を元に戻す手間ひまを考えると、こっそりと胸の中でベロを出し追従笑いを浮かべる方がずっと効率がいいのだそうだ。

「私の友だちもみんなそうしてるよ。頭のいい嫁っていうのはそういうもんなんだから」

実際幸子は、優しく房枝に問いかける。

「お義母さん、今日は早かったんですね。お義父さんはまだお店ですか」

「近所の人たちと飲みに行っちゃったわよ。今日はうち早仕舞いにしたの」

「そ、そうだよね。この頃さ、ビールのお客で忙しいってさ、随分遅くまでお店開けてたもんね。疲れちゃうよね」

「そりゃあ、疲れますよ。こんなもの、見せられるとね」

房枝はどさりとテーブルの上に白い紙片を置いた。「精力というのは、夜と昼を前向きに生きることです」という文字が、「エンターテイメントハワイ！　五泊六日」という文字と並んだ。

「ねぇ、これ、いったいどういうことなのかしら。久美子がねえ、夕方店に寄ってね、ファクシミリを貸してくれっていうのよ。ワープロを打ったものを人に送ろっていうのよね。私も見るともなしに見ていたらね、『絶倫』だとか『パワーアップ』とか『奥方にっこり』なんていう文字じゃない。びっくりして聞いてみたら、あなたたちに頼まれたって言うじゃないの」

「洋、美奈、もう寝る時間だよ」

突然幸子が野太い声で、子どもたちに命を下した。

「何やってんだよ、早く、ファミコン片づけなってば。すぐ消さないなら、もう二度と買ってやらないよっ」

子どもたちは母親の激変ぶりに目をぱちくりしていたが、階段に向かって走り出した。何かがころがるような足音を聞きながら、忠紘は危険を察して避難する小動物のことをふと思い出した。

「お義母さん、その件に関してちゃんと説明しますよ」

子どもたちが去った後の居間で、幸子の声がりんと響く。さっきまで子どもにじゃれついたり、お盆を片手に踊っていた女と同一人物とは思えないほど、こういう時の幸子は冷ややかなよくとおる声を出す。

「引越しや何だで子どもたちが頑張（がんば）ってくれましたからね、忠紘さんとハワイへ連れて行こうって計画したんですよ。だけどお金はない。ボーナスは住んでもいない船橋のマンションのローンに消えちゃいますからね」

最後の言葉はもちろん皮肉というもので、房枝もそれは感じたらしく、描き足した眉の端がぴくりと動いた。

「そうしたら忠紘さんのお友だちで、広告代理店に勤めている人がアルバイトをしてみないかって。原稿はワープロで打って欲しいってことも言われたんで、久美子さんに頼んだんですよ」

「あなた方がどんなアルバイトしようとそれは構いませんよ。それはあなたたち夫婦のことなんだから」

房枝は座ろうともしない。いつも持っている布製の手提げも、だらりと彼女の左手にかかったままだ。

「だけどね、久美子まで巻きぞえにすることはないでしょう。あのね、あの子はまだ嫁入り前なのよ。毎日まっすぐ家に帰ってくるような真面目な子です。そんな子に、こんなけがらわしい文章書かせるなんて、いったいあなた方夫婦は、何を考えているのかしらねぇ」

「けがらわしいなんて、大げさな」

幸子はいかにも弱りきった、というようなため息をつく。

「よく雑誌の広告に出てくる強精剤の広告じゃないですか。それに久美子さんも、それに動ずる年齢じゃないでしょう」

幸子の言葉で忠紘は妹の年を思い出す。確か二十八歳であった。

「幸子さんねぇ、いくら年がいっていてもね、嫁入り前の娘は娘よ。親としちゃ、こういうものを見せられちゃつらいわよねぇ」

房枝がいかにも〝ものを教えてやる〟というゆったりした語り口調になった。

「久美子はねえ、親から見ても歯がゆいくらい奥手の娘なのよ。私もねえ、ちょっと古風に育て過ぎたと思うぐらい。そういう娘に〝絶倫〟だとか〝女性を喜ばす〟なんていったポルノ小説みたいなものを書かせるなんて、ちょっとあんまりなんじゃないかしら」

「書かせたんじゃありませんよ、ワープロで打ってもらったんです。それにね、私たちはタダでやってもらったわけじゃありませんよ。一枚幾らってちゃんとお金を払うってことで久美子さんにやってもらったんです」

「そりゃあ、久美子さんはおとなしい娘だもの、兄嫁のあんたに頼まれたら嫌って言えないでしょう。とにかくこの原稿、幸子さんによくても、久美子なんかには刺激が強過ぎるのよ。わかるでしょう」

「……」

幸子の唇が思いきり曲がり、そこから空気が漏れている。まずいなと忠紘は思う。我慢が限界に達した時、幸子はこうした嗤（わら）いを浮かべたかと思うと、後先全く考えない言葉を口走ることがあるのだ。

「まさか、キムスメっていうわけでもないでしょう」

「はっ？」

「へっ？」

房枝と忠紘は、その奇妙に古めかしい単語がとっさにわからず、同時に疑問の声をあげた。

「久美子さんのことですよ。まさかキムスメでもあるまいし、そんなに大げさに騒ぎ立てることもないでしょう」

「あら、まあ、まあ」

やっと意味を理解した房枝はまず羞恥（しゅうち）のために真赤になり、そして怒りのためにさらに赤くなった。

「まあ、幸子さんてば、なんてことを言うのよ」

まずいことになったと忠紘は生唾（なまつば）を飲み込む。昭和十年代生まれの房枝にとって、性というものは絶対のタブーなのである。特に自分の家の茶の間で、しかも自分の娘に関して語られるなどというのは、彼女の人生においてまさに天地がひっくり返るような出来事なのである。

「幸子さんたら、まあ……」

口をぱくぱくさせるだけで、なかなか言葉が出てこない。

「よくそんなことが言えるわね、なんて下品なのかしら」

次第に房枝は青ざめてきた。こりゃあ本当にまずいと忠紘は目をそらした。

「義理の妹をつかまえて、そんなことが言えるなんて、幸子さん、あなたはどういう人なのかしら……」

「どういう人も何も、私は本当のことを言ってるだけですよ。今どきの若い女の子なんですから、そんなにびくびくすることはないって言ってるんです」

「あのね、幸子さん、久美子とあなたは違うんですよ。あなたと同じに考えてくれちゃ困るわ」

「あら、どういう風に違うか教えてくださいよ。私もこの際ですからお聞きしますよ」

こりゃあ大変なことになると、忠紘は小さく何度も身震いする。決裂まで発展する大きな争いというのは、ほとんどの場合、些細な口喧嘩から始まるものだ。互いが必死に取り繕い積み重ねてきたものが、小さな穴からずるずると崩れ去る。あと三十秒もしたら房枝は言ってはいけないことを口にするに違いない。

うちの久美子とあなたが同じはずがないでしょう。うちの娘はまっとうなお嬢さんよ。それなのにあなたときたら、夫と子どもを捨てて、若い男と逃げたような女じゃないの。そのためにね、私たちはどんなに苦労したと思うの。これだけは言っちゃいけないと思ってたけど、そこまで久美子を馬鹿にしたようなことを口にするなら、こっちもはっきり言わせてもらいますよ。

いい、久美子が二十八になるまで独身なのも、目のさめるような縁談がこないのも、元はといえばあなたのせいなのよ。あなたと忠紘とのことで親としてもつい消極的になってしまう。そういうことがどうしてわからないの。

こうなると幸子も負けるはずがない。

あ、そう、よおくわかりましたよ、お義母さん。そこまでおっしゃるなら、私はこの家を出てきますよ。その代わりお祖母ちゃんの看病を明日からお義母さんがちゃんとみてくださいよ。ふん、娘がこんなに嫁いき遅れたのも、こんなに不人情で非常識な母親がいるからにきまってるじゃないの。こういう母親に育てられてるから、娘もあれだけ気のきかない魅力のない女に育ってるんじゃありませんか……。

わずか数秒の間に、忠紘はこれから繰り広げられるすさまじい言葉のやり取りをはっきりと思い浮かべることが出来た。房枝にこれ以上言わせてはいけない。幸子はもちろんだ。大変なことになる。忠紘は子どもたち二人をなだめながら、船橋へ帰る荷づくりをする自分の姿も浮かび上がり、さっと肌に粟が立つような恐怖にかられた。

「ちょっと待ってくれよ。ストップ、ストップ、ストップ！」

必死で大声を上げる。

「ストップ、ストップ、ちょっと待ってくれってば」

止めたのはいいのだが、これといった名案が浮かぶわけでもない。ただ二人に向かって口をぱくぱくさせているうち、そうだ、久美子をこの場に呼ぶしかないと思った。

「あ、あのさ、久美子にここに来てもらおうよ。ね、ねっ。もし久美子が本当に不愉快なめにあったんなら、僕と幸子はちゃんと謝るよ。もうそんなことはさせないって誓うよ。本当にそうするよ」

「ちょっとオ、そんなこと関係ないでしょう。久美子ちゃんはやらせて下さい、って私にちゃんと言ったのよ。それにさあ、今話してることはもう久美子ちゃんの問題じゃないんだからさ。ちょっと、そこどいてよ」

幸子が突き飛ばすように腕を押したが、そんなことにひるんではいられない。いまこのまま女二人に喋(しゃべ)らせていたら、先にあるものは破滅しかないのだ。

「久美子、久美ちゃーん、ちょっと降りてきてくれよ」

忠紘は思いきり大きな声で階段に向かって呼びかける。安普請(やすぶしん)の建売住宅だから、彼の声はとうに二階の久美子に聞こえているはずだ。それなのにぴたりと物音ひとつしない。

「久美ちゃーん、ちょっと来てくれ。おーい、まだ寝てるはずないだろう」

「しつこいわね、久美ちゃんはもう関係ないって言ってるでしょう」

忠紘は睨(にら)みつける幸子を無視して、さらに呼び続ける。とにかく第三者をもう一人この場に立たせたいのだ。

「忠紘さん、久美子を巻き添えにするのはやめて頂戴(ちょうだい)よ」

今度は房枝が声を上げる。

「久美ちゃーん、久美ちゃーん、降りて来なくてもいいわよ。たいしたことじゃないんだから、いいわよー、そのままでいらっしゃい」

「久美ちゃーん、悪いけど、すぐ降りてきてくれよ。頼むからさー」

ぴしゃんと思いきり襖(ふすま)を開ける音がしたかと思うと、階段を降りてくる気配がした。

もう腹が立ってたまらないという苛立たし気な板を蹴る音が不意にやんで、

「わっ、びっくりした！」

忠紘はギャッと後ずさりした。そこに立った久美子は、白い仮面を被っているのだ。

「いったい、何の騒ぎよ。私ね、いまパックをしていた最中なんだから、返事が出来るわけないでしょう。ほら、口のまわりにもう皺が寄っちゃったじゃない」

パックは何度見ても慣れることが出来ないと忠紘は思う。新婚の頃、このパックをする幸子に何度驚かされたことだろう。しかし久美子のこのパックは、少なくとも牽制球にはなったようだ。

しかし沈黙は長く続かず、幸子はパックの顔の久美子に強い調子で語りかける。

「ねえ、久美ちゃん、私いまお義母さんに叱られちゃってるんだけど、あの薬の広告のワープロ頼んだこと、そんなに久美ちゃんにとって負担だったかしらねぇ」

「幸子さん、そういう風に聞いたら、久美子が本当のこと言えるはずないでしょう」

「お義母さん、ちょっと黙っててくださいよ。私はね、久美子さんに聞いてるんですよ。ねえ、久美ちゃん、ちゃんと答えて欲しいの。私たち、さっきからまるで久美ちゃんに売春でも強要したような言い方をされているんだからさ」

「バイシュン！」

房枝はまたまた卒倒しそうな声をあげる。

「幸子さん、どうしてそう次々とそういう言葉を口にするんですか」

「だってそうじゃないですか。まるで私たちが世にもけがらわしいひと買い人か、山椒太夫みたいな目で見ちゃって……」

「ああ、うるさいなあ！」

その怒声は思いがけなく久美子から発せられたので、房枝も幸子もぴたりと罵り合うのをやめた。

「もう、本当にいいかげんにして欲しいわよ、たいしたことないじゃない。はい、はい、私はワープロをひき受けましたよ。だって今度会社をやめることにしたから、お金は少しでも欲しいもの」

「何ですって！」

先ほどキムスメという単語を耳にした時よりも大きく房枝は目を見開く。

「そんな、会社をやめるなんてお母さん聞いてませんよ」

「だって決めたの、最近なんだもん」

久美子はふて腐れる。といっても白い粘土状のものを塗った顔は当然のことながら無表情で、さまざまな感情は声から読みとるしかない。

「もうさ、会社に居たって面白くないし、居づらくなるだけなんだもの。ずうっと前からやめようと思ってたんだけど、なかなか決心がつかなかったワケ。だけどね、二十九になる前には絶対やめるぞ、ってエイッっていう気持ちになっちゃった。もう上司には話してるわ」

「冗談じゃありませんよ。会社やめてどうするつもりなの。お母さんは許しませんよ。ちゃんとした大企業にお勤めしてるってことで、久美ちゃんは世の中から認められてるのよ。会社やめたりしたら、もうまともな結婚なんか出来るはずないじゃないの……」

　早くも房枝は涙声になっている。

「会社をやめたりしたら、もう誰もあなたをちゃんとしたお嬢さんとして扱ってくれなくなるのよ。もう誰も相手にしてくれなくなるのよ」

　最初は怒りに彩(いろど)られた声をあげていた房枝であるが、相手の久美子が落ち着き払ったままなので、語尾に哀願のメロディが加わるようになった。

「そんな勝手なことが出来ると思っているの……。栗崎(くりさき)さんの立場はどうなるのよ。申しわけないと思わないの」

　栗崎という名を忠紘は久しぶりに聞いた。確か祖父高一郎の旧友の息子で、久美子の会社の役員をしているはずだ。

「あのね、栗崎さんなんてね、とっくに本社に居ないのよ。どこかへ出向したきり、噂も聞かないわ。お母さんたちときたら、ずうっとあの人のことを買い被っているんだから。私が入社した時から、もうあの人は日なたに居なかったわよ。コネつけてくれたってお礼もして、盆暮れもちゃんと贈ってるみたいだけど、私はあの会社、ちゃんと自分の実力で入ったんですからね、辞める時は誰にも気がねすることないと思うわ。一、二年で辞めるならともかく、私は六年もいてちゃんと会社にモトをとらしてあげたと思ってるもの」

「ねぇ、久美ちゃん……」

房枝は悲しくてたまらぬように首を横に振る。

「あなたの気持ちはわかるけど、もうちょっと待ちなさいよ。あなたよく言ってたじゃない。辞める時は寿退社にするって。花束もらって拍手で送られたいって。ね、結婚披露宴で金屏風の前に座った時にどうするのよ。花嫁の経歴を言う時に、大きな会社にお勤めでした、って言われるのと、アルバイト中ですって言われるのとどっちがいい？　ね、そうでしょう。居場所が失くなった人間はみじめなものよ。特に若い女だったらなおさらよ」

なかなかうまいところを衝いてくるなと忠紘は感心する。母親の見栄っぱりでブランド好きのところをそっくり受け継ぎ、それに現代的な嗜好を加えたのが久美子なのだ。最後の言葉はかなりこたえたに違いなかった。しかし今夜の久美子はかなりしぶといところを見せる。

「だって、もう私、決心したんだもの。上司にだって話したもの」

そう言いながら奇妙なしぐさを始めた。顔の下にぐいと親指をたてたかと思うと、もはや彼女の肌のようになじんでいる白い膜をはがしていくのだ。何度か見たことがあるが、このパックをはがす瞬間というのは、忠紘にとって神秘のひとコマである。女というのは実は爬虫類で、時たま脱皮をするのではないかと感じることもある。

そろそろと皮をはがしながら「私、もう心を決めたから」とつぶやく久美子が妹ながら不気味で、「僕たちはもう寝よう」と、忠紘は傍の幸子を促した。

二階の寝室に入ると、洋は漫画を読んでいる最中であった。

「まだ寝ないの。ファミコンの後は漫画、漫画の後はファミコンでちっとも勉強しやしない。今度はどっちも取り上げるからねッ」

幸子はまだぷりぷりしていたが、途中であれっと言い息子を叱る声をやめた。

「ちょっと、ちょっとオ」

小声で手招きをする。こういう場合反射的に、何、何、と面白そうに身を乗り出す自分が、忠紘は時々嫌になることがあった。

「ほら、ここから聞こえるよ」

幸子は押入れの桟のところを指さす。彼女が発見したところによると、この家のつくりは一階の音がここから上がってくるようになっているそうだ。

「お義母さん、泣いてるんだよ、ほら」

忠紘はかたちだけ耳を運ばせたが、確かに女の低くうめく声が、まるで舞台の効果音のように澄んだ響きをもってこちらに伝わってくる。

「何も泣くことないじゃないの、ねえ。自分の娘が会社を辞めるって、そんなに悲しいものかしらねえ。二十八歳にもなればさ、いろいろ感じるしさ、居づらくだってなるわよ。自分の娘がまっとうっていうことじゃないの、何も泣くことはないわよねえ」

ベッドに入り、スタンドの灯かりを消してから幸子はなぜかしみじみとした声を出す。

「だけどさ、久美ちゃんも思いきったことをするよねえ。考えてみるとさ、このご時勢にかなり勇気がいるかもねえ、会社辞めるなんてさ……」

「ああ、あいつはさ、臆病っていうかさ、変化を好まない性質なんだよな。一流企業のＯＬでだらだらやってるのって、案外あいつに合ってたんじゃないかと思うんだ」

「次に就職するっていってもさ、むずかしいと思うよ。幼稚園のお母さんの話聞いてもさ、パートを辞めさせられたなんてこの頃よくあるんだよ」

「まあ……、家から通ってる甘えもあるんだろうな。いざとなったら家事手伝いになる気なんだろ」

「冗談じゃないよ」

幸子はふふんと鼻で意地悪げに笑った。

「あれで〝家事手伝い〟ってうちに居られたら、わたしゃ本当に怒るね。久美ちゃんたら、まるっきりお祖母ちゃんの看病しようとしないじゃないの。私がここに来てからあの人が見舞いに来たの、たった四回だよ。それもさ、何を手伝ってくれるわけじゃない。自分が持ってきたアイスクリームをぺろりと食べて、それでさようならだよ」

「……」

さっきスタンドを消した時に眠ったふりをすればよかったと、忠紘はしみじみと後悔する。

「それにさ、私がこんだけ忙しい思いをしてるのにさ、たまには早く帰って夕飯をつくってくれてもいいじゃないの。それなのにさ、私のつくったものをさ、不味そうに食べて自分の茶碗だけ洗う。ねぇ、こんなことって許されると思う？　全くさ、私がさ、マゾヒストのお人よしだから通用しちゃうのよねぇ。私さ、久美ちゃんが会社辞めるってことになったら、言いたいこともあるしさ、やってもらいたいこともあるわよ」

「あのさあ、自分の妹だから弁護するわけじゃないけどさ……」

子どもたちの寝息と静かな闇が忠紘に勇気を与えた。

「あのさ、さっき突然久美子が会社辞めるって言い出したの、ヘンに思わなかったかい？」

「何が？　本当に近々やめるからそう言ったんでしょう」

「でもその言い方が唐突だったよ。あのさ、君とお袋が喧嘩始めて、一触即発だったじゃないか、さっき多分久美子は、自分の方に注意ひきつけようとあんなこと言ったんじゃないかと思う。そのためにお袋にすごいショックを与えたんだ」

「また始まった、あんたの身内に対する美し過ぎる解釈！」

思いきり枕でぶたれた。

幸子に、

「いつも身内には美し過ぎる解釈をする人だから」

と怒鳴られたものの、忠紘は久美子のことが気になって仕方ない。昔からそう仲のいい兄妹ともいえなかった。久美子には気むずかしいところがあり、兄に甘えてみたり喧嘩を仕掛けてくるようなことはほとんどなかったといっていい。ただ忠紘が附属中学、高校に通っている頃は、妹として誇らしい気持ちもあったのだろう。時々友だちを連れてくる日があった。それも忠紘が制服姿で帰ってくる時間を見計ってだ。

「この見栄っぱりのところって、うんと結婚が早くなるか、遅くなるかのどっちかだろうなあ」

高校生だった忠紘は、それなりに妹の行末を案じていたのであるが、後者の方にあたってしまった。久美子は二十八歳、秋が来れば二十九歳になってしまう。面白い仕事でも持っているならともかく、これもまた大企業という名前だけで飛びついた職場で、普通のＯＬをしていたら、そう穏やかでもいられない年齢だろう。それにしても会社を辞めるというのは思いきったことをしたものだ。久美子の今までの生き方を反すうすれば、それがいかに大胆なことかということがわかる。

「何ていうかなァ、出来るだけ変わったことはしたくない、いちばん滑らかなコースを歩きたいっていう女なんだよなあ。それが驚いちゃうよな、突然言い出すなんて。ま、妹が会社を辞めてこれでひと波乱もふた波乱もあると思うと、全く憂うつになってきちゃうよ」

急激にうまくなった生ビールを飲みながら西岡に愚痴をこぼした。例の強精剤の仕事を貰って以来、彼とはしょっちゅう会うようになっているのだ。

「男が欲しいんじゃないか、男」

早くも酔いがまわった西岡は、直截的な言葉を口にする。

「お前の妹って恋人もいないいんだろう。話聞いてると多分いないよなあ」

「学生時代や勤め始めた頃は、つき合ってた男はいたはずなんだけれど、今は誰もいないみたいだなあ。僕もこの十年ぐらいは、あんまり家とつき合いがないからわからないけど」

「当然男は知ってるだろうしさ、そういう女が二十八になって会社も辞めるっていうのはかなりつらいぜ。出口がなくなるぜ」

そうかあ、男を知っているか。忠紘はビールの泡をぼんやりと眺めながらつぶやいた。幸子が四日前、キムスメじゃあるまいしと叫んだ時の気恥ずかしさはない。身内の前で身内の性について語られるのを聞くのは耐えられないが、こうして男同士だと冷静でいられる。いってみれば人生の諦めを知ったような気分だろうか。

「お兄ちゃん、お兄ちゃん」

と言って自分を見上げた少女の頃の久美子。彼女も年をとり、一人前の女になっていくのはあたり前なのだ。それを阻止するのはたとえ肉親でも出来るわけがない。

「あのさ、女が二十八歳になって会社辞めるなんて言い出すのは、男が欲しいってことに決まってるじゃないか」

「そうかなァ」

「そうさ、女なんて男がいさえすればたいていのことは耐えられるんだから。お前、誰か探してやれよ。俺たちの同級生で誰かいないかよ」

「そうだなあ……」

忠紘はビールのジョッキを置いて考え始めた。同級生の中から結婚した者を除き、性格に難があるのを除いていく消去法でやっていくと、残る者がほとんどいなくなる。

「小西なんかどうだろう。あいつ確かＮＴＴだったよなあ」

ＮＴＴだったら久美子も文句は言うまい。

「小西は駄目、あれは駄目」

西岡は顔と右手を同時に小刻みに振った。

「あいつ、コレだもん」

その右手を裏返し、口のところに持っていく独得のポーズをする。

「まさか……」

「いや、本当。このあいだ久しぶりに会った奴がさ、もう間違いないって確信持ってたもの。あいつってさ、大学三年の時、しばらくアメリカ行ってたことあるだろ」

「ああ、確かサンタバーバラかあっちの方だよな」

「その時目覚めたんじゃないかって皆は言ってる。面白い世の中だよな。真面目で誠実そうな男だと思えばホモなんだから」

「大森は……、まさか違うよな」

「冗談じゃないぜ、あんな女好き。俺、今にあいつはブルセラか何かでつかまるんじゃないかって楽しみにしてるんだ」

「あいつって、そんなに若いのが好きなのか」

「好きなんてもんじゃないよ。どんどん年が下になっていって、最後は幼稚園児とでもつき合うんじゃないのか」

「ふうーん、奴がねえ」

かつての同級生の顔を思い出しながら、怪し気で露骨な近況を聞くのはなかなか愉快だった。

「お前の妹、二十八歳かァ……。ほら、俺たちの三十四っていう年齢は中途半端だろ。若者の方に入れられることもあるし、中年に分類されることもある。そうなるとさ、ぐっと若い女が欲しくなるんだよな。自分はまだ二十三、四の女と結婚出来るんだって思いたい。だから二十八歳っていうとむずかしいよなあ」

言った後で西岡はしまったという表情になる。相手の妻の年齢を思い出したのだ。

「まあ、世の中はさ、僕みたいに変わった男もいるからさァ……」

忠紘の方で助け舟を出してやると、西岡は、

「そ、そ、そお」と大あわてで舟に乗り込んできた。

「あのさ、俺たちの三十四歳っていう年齢のこと言ってるわけでさ、もうちょっと下かもうちょっと上だったら、二十八っていう年でも問題ないんじゃないか。お前、誰か探してやれよ。たった一人の妹なんだろ」

早口でせかすように言う。

「デパートだったら、若い男はいっぱいいるだろう」

「冗談じゃないぜ。男女比率がどんなにすごいところか知らないわけじゃないだろう。それよりお前の会社こそ、若い男がいっぱいいるだろう、誰か適当に見繕ってくれないかなァ」

「広告代理店の男は極端だからな」

やや得意そうに眉をしかめる。

「学生時代から恋人がいてうんと早いか、そうでなかったら四十近いのがうようよいるよ。お前の妹、四十の男じゃ嫌か」

「おい、おい。いくら遅くなったっていったって、あいつはまだ二十代なんだぜ。四十の男なんていったらわんわん泣き出しちゃうよ。なにしろおそろしく気位の高い女なんだから」

「そりゃそうかもしれないけど……。そうだなあ、間をとって三十五っていうのはどうだ。小暮っていうのが同期で居るんだけどな、こいつはヒューストンの方の大学をちゃんと学位とって出ている。わりといいぞ。うちに来る前は証券会社で外国為替やってたっていう変わりダネだ。ヨットなんかやるんだけど、お袋さんが教えてて、彼も茶の湯をやるらしい。時々着物で現れて俺たちをぎょっとさせるけどさ」

「面白そうな男だな」

若い女ならちょっと魅かれそうな経歴とパーソナリティである。

「確かあいつ今は恋人はいない。ホモでもない、ただの女好きだ。これは俺が保証する。もしよかったら俺が段取りするから、久美子さんに会わせるか」

「うん、もしかすると頼むかもしれない」

忠紘は次第に自分が本気になっていることに気づく。最初は冗談半分で始めた男の品定めであるが、もしかするとこうしたことから人の縁というのは生まれるのかもしれなかった。

それに母親に言わせると「野合みたい」といわれる結びつきをした忠紘にとって、こうした縁談の会話というのは新鮮な体験である。自分も一人前になったような昂まりと心の華やぎを感じる。

「ところでさあ」

西岡は不意に甘えた語尾で語りかける。

「このあいだのギャラだけどな、悪いけど負けてくれないか」

幸子と必死になって考えた強精剤「凜々丸」のコピーである。

「あのさ、やってもらったコピー、クライアントがどうも気に入らなかったんだよ」

「お前がさ、下品にやれやれ、って言うからかなり過激に書いたつもりだぜ」

その原稿をワープロに打ってくれるように久美子に頼み、それを見つかって幸子と房枝はあわや大喧嘩になるところだったのだ。

「宣伝部の部長、っていってもこのあいだまでハッピ着て売り込みしてたような親父なんだがな、表現がちょっとストレート過ぎるっていうんだよ。これを書いた人は若い人じゃないですか、うちが要求している宣伝文はそこはかとない色気とユーモアが漂うものですときたね。つまり親父たちにアピールするエッチっぽさなんだよなあ」

「ふうむ」

忠紘は自分が考え出した言葉を幾つか思い浮かべる。確かにチカチカと騒々しい音をたてて響く言葉ばかりだ。中年以上の男たちに受け入れられないと言ったらそうかもしれない。

「それでさ、お前にやり直してもらおうかと思ったんだけど、時間もなかったから他のコピーライターを頼んじゃったんだ」

「まさかあの田舎へ帰ったっていう奴じゃないだろうな」

「いや、いや。温泉広告書かせたら日本一っていうおじさんに頼んだよ」

「温泉広告ってスポーツ紙に出ているあれか」

よく全面広告で東京近郊の温泉ホテルが、芸者が若い、名物の鍋がうまい、十五名様特別パックといった読物風の宣伝をする。あれならば確かに、そこはかとないユーモアと色気というものがあるかもしれなかった。

「それで……、いくらくれるんだよ」

「一本！」

西岡は人さし指を立てながら頭を下げる。

「一本って……？」

「つまり十万円ってこと」

「十万円か、ふうーん」

やはり予想したとおり、獲らぬ狸のナントカになってしまった。十万円はもちろん忠紘と幸子にとっては大金であるが、三十万円、ハワイとはしゃいでいた身からしてみると、全くしぼんだ気持ちになってしまう。

「その代わりさ、責任持って紹介するからさ」

次の仕事のことかと思い、忠紘が身を乗り出すと、

「久美ちゃんのエ・ン・ダ・ン」

節をつけるようにして西岡が言った。

「さっそく小暮に話すよ。ちゃんと機会つくるからさ、それに免じて堪忍してくれ

よ」

　怒り狂うと思っていた幸子であったが、ギャラをねぎられた話を持ち出しても、小さくつぶやくだけであった。

「話がうますぎると思ったもんねえ……。あんなヘンな作文みたいなもの書いて、三十万円貰うなんてそんな話、やっぱり最初からあんまり信用してなかったよ、私はさあ」

「だけど世の中には、うまい話でたらふく喰ってる連中もいるんだぜ。僕たちはねぎられたけど、三十万、ううん、百万も二百万も貰ってる連中が居ると思うとさ、腹がたつよな」

「仕方ないよ。そういう人たち羨んだりしてたらサラリーマンの妻なんか馬鹿々々しくてやってられないよ」

「仕方ないかあ……」

　今夜の幸子はどこか気弱なところがある。心なしか目のまわりの小皺も深くなったようだ。いくら心身共に頑強だといっても、四十六歳という年齢にこの夏の日々はつらいのだ。

「僕さ、明日は遅出だから、お祖母ちゃんのところへ行ってお風呂へ入れるのを手伝うよ」

まるで子どもが飴を差し出すように、忠紘はこうした甘いやさしい言葉が反射的に出る。

「いいよ、お風呂は手伝ってくれなくてさ。お祖母ちゃんは頭はしっかりしてるからさ、あんたにお風呂入れてもらうの嫌がるからさ。このあいだもかなり恥ずかしがってたよ」

「ふうん」

忠紘は祖母の裸身を思い出そうとしたがうまくいかなかった。あまり見るまい、深く心に留めておくまいという心が働いていたのだろう。最近祖母のところに出掛けるたびに、気持ちのどこかがぽっかりと白く呆けたようになる。そこへは早く別の記憶を入れろと急かされているようだ。次の日には、たいていのことをすっかり忘れている自分を卑怯だと思うが仕方ない。子どもの成長するさまと違い、老人がさらに老いていく様子は、それを記憶する能力も少しタガがはずれたようになっている。うまく機能しない。

「この頃さ、弥生叔母さんが一日おきに顔出してくれるからかなり楽だよ。あの人、結構力があるからさ、お祖母ちゃんをお風呂へ入れる時も二人でやれば何とか出来るしさ」

「ふうーん」

二人の間に沈黙が流れる。これはとても珍しいことだ。いつも幸子が一方的に喋り、忠紘が合いの手を入れる。するとその言い方が気に喰わないとかなりの確率でやり込められる。しかし忠紘もやられるだけでなく、少しずつ抵抗の幅を拡げていくという、そんないきいきとした会話が今夜はない。

本当に幸子はがっかりしているのだと忠紘は思う。出来ることならハワイへ行かせてやりたかった。家族四人でハワイで泳ぐというのが、幸子の希望と活力の大いなる源だったのだ。

テレビでは何がそんなに楽しいのか、女性の司会者がうきうきとした調子で、それでは次のお店を紹介しましょう、と叫んでいる。

「今話題の食べ放題のお店、今日は夏に向かって何とかき氷食べ放題のお店でぇーす」

場面は変わり、レポーター役の男性タレントが小さな商店街を歩いている。スタジオに居る女性とは対照的に、沈みがちになりそうな表情を無理に明るく見せようと頬がひきつっている。これから繰り広げられる暴飲暴食のシーンを案じているに違いない。

「いま話題の、かき氷食べ放題の店、確かこのへんだと聞いてるんですがねぇ……」

男がわざとらしく首をきょろきょろし始めたのと、幸子がわっと大声をあげたのとはほぼ同じだった。

「この商店街、うちの駅前じゃないの！」

「まさか……、あれーっ」

忠紘も身を乗り出した。私鉄沿線の商店街などというのはどこも全く同じように見えるが、目を凝らしていくとひとつひとつ個性がある。いま男が通り過ぎていくコンビニエンス・ストアに中華料理屋という組み合わせは、確かに忠紘たちが住んでいる駅のものだ。

「洋たちに教えようよ」

「よせよ、もう寝てるんだからさ。起こして見せることもないよ」

「だったらビデオ、ビデオ、早くセットしてよ」

ひとしきり騒ぎが起こっているうち、男は早くもテーブルに着いて、氷イチゴを食べ始めている。四百円で何杯でもお替わり自由と彼は言った。

「ふうーん、うちの街にもこんなところがあったんだあ。アイスクリームも上にのせられるんだから安いかもしれないねぇ……」

幸子はたかがかき氷一杯に、しみじみした声を出す。

「うちもハワイに行けない替わりに、四人でここへ行ったらいいかもね。洋は冷たいもの好きだから喜ぶよ」

「おい、よせよ、皮肉はさ」

忠紘は傍の幸子を軽く睨んだ。彼女が元気がないことがとにかく腹が立つ。

「僕のボーナス少なくて悪いと思うよ。船橋のローンを引いたら、そりゃあいくらも残らないだろうさ。だからって、かき氷食べに行こうってそりゃないよ」

「別にそんなつもりで言ったんじゃないよ」

「いやあ、皮肉以外の何ものでもないね。僕はさ、傷ついたよ」

忠紘はそこでやめる。幸子の逆襲を怖れたためでなく、玄関のドアが開いて誰かが帰ってきたからだ。両親かと思ったら居間に入ってきたのは久美子だった。会社を辞めると宣言してから帰りが毎晩遅い。

「久美ちゃん、ちょっとォ、うちの駅前がテレビに出てるよ、ほら」

兄嫁が親切に指さしたにもかかわらず、久美子はふんと言ったきりだ。

　久美子の取れかかった口紅のあたりからは、かすかに酒のにおいがする。妹の汗ばんだ頬がピンク色に火照っていて、忠紘は少し照れた。

「飯は食べてきたんだろ」

「うん」

「コーヒーでも淹れてやろうか」

「そうね」

　我ながら何て卑屈な男だろうかと恥じながら忠紘は台所へ立つ。荒挽きの粉で好みのコーヒーをつくるのは好きで、前からよく皆の分も淹れてやっている。しかし夜遊びをしてきた妹に、そこまでサービスしてやることはないじゃないかと、舌うちしたくなってきた。

　砂糖とミルクを添え、三人分のカップを盆にのせていくと、珍しく幸子と久美子は何やら会話を交している最中であった。

「ふっふっ、そりゃひどい話よねえ」

　幸子はなぜか機嫌がよい。

「久美ちゃん、退職金を計算してもらったんだって。そうしたら三十八万しかなかったんだって。六年も働いたのにって思うとトイレで涙が出たっていうのよ」

幸子は人のこうした不幸な話がわりと好きなのである。

「でも久美ちゃんはまだ退職金貰えたんだからいいじゃないの。私なんか昔パートやめた時、記念品替わりにってさ、スーパーの商品券貰ったのよ。開けてみたらさ、いくら入ってたと思う。三千円、三千円よ。馬鹿にするなって怒ったけど、結局晩のおかずを買っちゃったわ」

久美子はふふと鼻の先で笑う。決して悪気はないのだが、彼女は昔から嫌な笑い方をする。鼻の皺がきゅっと寄って、それが高慢に見える。こいつも見かけでかなり損してる人生だろうなあと思ったとたん、忠紘は妹が急にいとおしくなった。

「あのさ、結婚する気はないわけ?」

ぽろりと言葉が出た。

「結婚?」

久美子は訝(いぶか)し気な声を上げる。まるで見知らぬ外国語を唐突につきつけられたようだ。しかし十九や二十ならいざしらず、一十八の女にしてはいささか不自然な表情といってもよい。

「あのさ、僕の大学の同級生で西岡って憶(おぼ)えてるだろ」

「憶えてない」

素っ気ない即答に、もうちょっと身を入れて考えろと忠紘は怒鳴りたくなる。一生の問題がからんでいるんだぞ。

「ほら、時々遊びに来てたハンサムな男だ。広告代理店勤めてて、昔、お前、マドンナのコンサートのチケット、ねだったことあるじゃないか」

「そんなことあったかなぁ」

「とにかくあいつがだな、お前にどうかっていう男を紹介してくれたんだ」

忠紘はいらいらと叫ぶ。

「西岡の奴、ちゃんとお前に紹介するって言ってんだ。何でもアメリカの大学を出て、会社の中でいい線いってんだそうだ。お茶もやればヨットもやってる面白そうな男だぞ」

「へえー、まるでトレンディドラマに出てきそうな人だねぇ」

幸子がピーナッツを缶から取り出す。どうやらテレビでかき氷のシーンが始まった頃から、かなり元気を取り戻したらしい。かき回すと、コーヒーもいっそう強く香りたった。いい調子、いい調子と忠紘は顔がほころんでくる。こんな風に妻と妹と三人で、しんみりと話をするなどというのは初めての経験だ。しかも自分は妹に縁談を勧めるという誇らしい作業をしている。幸子にいつも小馬鹿にされるが、「長男」という自覚にふさわしいこうしたシーンは、忠紘の胸を奇妙な歓びで満たす。

「西岡の会社に勤めてるんだったら、そんなに悪くないと思うけどな」

「そうだよねえ、広告代理店なんてカッコいいじゃない。コンサートのチケットもさ、タダで貰えるしさ」

「今はさ、ちょっと景気がナンだけどさ、あれだけ大きいところだからすぐに立ち直るさ」

兄夫婦の言葉に反応するわけでもなく、久美子はピーナッツを齧り始めた。幼い頃、歯の矯正を途中でやめた久美子は、前歯が一本前に出ている。いつもはそう目立たないが、こうしてピーナッツを食べるとその歯だけ急に大きく見える。

「まるでリスみたいな奴だな」

忠紘は思い、それは少し身内の贔屓めかなとすぐに反省する。が、こうして第三者の目で見ると久美子はなかなか愛らしい。ピーナッツを食べているさまがかなりいい。見合いの場所は、木の実類が食べられるバーかどこかにしようと忠紘は作戦を練る。

それにしても久美子は一言も発しない。それを忠紘は照れているのだと善意に解釈しているのだが、いささか長過ぎる。忠紘は痺れを切らした。

「ねえ、西岡に連絡してもいいだろう。もしかすると簡単な経歴と写真をくれって言うかもしれないけど、その時はちゃんとしろよな」

「ふうーん、結構本格的じゃないの」

幸子も身を乗り出すようにして、ピーナッツをがりりと齧った時だ。

「嫌よ」

目をテレビに向けたまま、久美子は高らかに声を発した。

「嫌よ、私、絶対にそんなの嫌」

忠紘はそれでもまだ妹を甘く見ていた。よくあることだ、縁談を持ち出された娘は、いつもこんな風に邪慳（じゃけん）につっぱねるものらしい。忠紘は優しく妹を悟（さと）す。

「あのさ、見合いっていってもさ、すっごく略式だよ。僕と西岡だけが居て、四人で食事するか酒を飲む。緊張することもないし、気を使うこともないんだぜ」

「いいお話じゃないの、久美子さん」

幸子の口調はまるで五十代か六十代のやり手の女だ。どうして誰にも教えられなくても、女はこんな時の常套句（じょうとうく）、首の動かし方を知っているのだろう。

「会うだけ会ってみたらどうなの」

そうそう、この後の言葉も同じだ。よくテレビドラマで初老のおばさんが必ず言うセリフではないか。が、対する娘役の女優はもっとしおらしかったはずだ。

「嫌。私、絶対にそんな気になれない」

　こういう時の久美子は、言葉に抑揚をつけないから本当に小憎らしく見えてくる。

「あのね、私、サラリーマンと結婚する気、まるっきりないの」

忠紘と幸子は顔を見合わす。いったいどういう意味なのか。

「なんだ、それは、つまり、青年実業家とか医者とかそういうのと結婚したいっていうことなのか」

「わかんない。わかんないけど、私、お兄ちゃんみたいな平凡なサラリーマンと結婚して、ありきたりな人生おくる気、まるっきりないのよねぇ」

　しばらく沈黙の後、幸子は、

「久美ちゃん……」

猫撫で声で呼んだ。こうした優し気な声はかなり腹を立てている証拠である。

「久美ちゃん、二十八にもなって」

二十八という数字に力を込めた。

「そんな幼稚なこと言うと笑われるよ。久美ちゃんにはありきたりに見えるかもしれないけどさ、みんなそれぞれ楽しく充実して生きてるかもしれないじゃないの」

「そお、楽しい？　お義姉さん、本当に充実している？」

久美子が不意にこちらを見据えたので幸子は一瞬たじろぎ、その隙をついて久美子はさらに言葉を重ねる。

「お兄さんとお義姉さんさ、大恋愛で駆け落ちまでしたわけじゃない。それなのにさ、子どもは二人いて生活大変そうだしさ、お母さんとはうまくいかないしさ、揚句の果てはお祖母ちゃんの看病まで押しつけられてるわけじゃない。弥生叔母さんともさ、なんだかみじめったらしいしさ、私、考えちゃうよ。安サラリーマンと結婚して、いったいどんな楽しいことがあるんだろうって」

幸子の唇が真横にきゅっと結ばれる。さすがの彼女もなかなか言葉が出てこないのだ。

「安サラリーマンと結婚して、いったいどんな楽しいことがあるの？」

という義妹の質問に対する答えをどうしようと考えあぐねている。いつものように、と幸子流に笑いのめすか、それとも真面目に人生訓を垂れようかと考えているのだろう。妻の表情を凝視している忠紘の呼吸が荒くなる。これは自分が答えるべきなのだろうか。しかし何も言葉が浮かばない。

どうしたんだ。どうして自分はたかが妹の質問にこれほど真剣になっているのか。

「それなりに楽しいこともあるわよ、久美ちゃん」

やがて幸子がおごそかに言った。

「特に子どもがいると本当に楽しいね。家族がいて、子どもの寝顔見ていると、ああ生きててよかった、いろいろ大変なこともあるけど、こんな生活を大切にしたいって思うよね」

「だけどさ、お義姉さん、前にも子どもがいたんでしょう」

久美子は世にも大胆なことを口にする。

「その子どもの寝顔見て、幸せだとか楽しいとは思わなかったわけ？　前の旦那さんとの平凡な生活が嫌で、うちのお兄さんと結婚したんでしょう。それなのに同じようなことにまたなっちゃって嫌じゃないわけ？　つまんないって思わないわけ？」

「まあ、いいのよ。私は満足してるんだから」

うなるような低い声で幸子は答えた。

「久美ちゃんが私を見て、何てつまんない生き方だろうって結婚に失望してるんならそれはそれで悪かったけど、私は満足してるんだからほっといて頂戴」

これは痛烈な攻撃というものであるが、久美子はまるで気にとめる様子はない。

「そうじゃないってば。お義姉さんだけに失望してるわけじゃないの。お母さんとか、叔母さんとか、つまりうちの女たちみんなを見渡してやだなあって思うわけ」

「つまり四面教師っていうわけね」

幸子はとどめを刺そうとするのだが、例によってとんちんかんなことになる。四面楚歌と反面教師とをごっちゃにしているのだ。しかし不思議なことに久美子には意味が通じている。

「まあ、そういうことになるかなあ。別に皆の生き方を批判するわけじゃないけど、私は全然別の生き方をしたいなあって思うの。何も考えてないけど、私、とりあえず来週からハワイ行くの。有給休暇を使いきろうと思って」

「ハワイ！」幸子が叫び、忠紘は思わず両手で口を覆った。

この作品は１９９４年毎日新聞社より刊行されました。

著者略歴

林　真理子（はやし・まりこ）

１９５４年山梨県生まれ。日本大学芸術学部卒業。82年エッセイ集『ルンルンを買っておうちに帰ろう』でデビュー。ベストセラーとなる。86年「最終便に間に合えば」「京都まで」で第94回直木賞を受賞。95年『白蓮れんれん』で第8回柴田錬三郎賞を、98年『みんなの秘密』で第32回吉川英治文学賞を、２０１３年『アスクレピオスの愛人』で第20回島清恋愛文学賞を受賞。18年に紫綬褒章を受章。近著に『西郷どん！』『愉楽にて』『夜明けのM』『我らがパラダイス』『綴る女――評伝・宮尾登美子』などがある。

装丁　田中久子
装画　岡野賢介

毎日文庫

◆ ◆

素晴らしき家族旅行 上

印刷 2020年5月25日

発行 2020年6月10日

著者 林真理子

発行人 黒川昭良

発行所 毎日新聞出版
東京都千代田区九段南1-6-17 千代田会館5階
〒102-0074
営業本部：03(6265)6941
図書第一編集部：03(6265)6745

ブックデザイン 鈴木成一デザイン室

印刷・製本 中央精版印刷

 ISBN978-4-620-21029-2

毎日文庫好評既刊

万葉の心

中西　進

男女の愛、自然との交感、神々への祈り――生きる喜びと哀しみを歌い、日本人の心の原型を刻む古典『万葉集』。新元号「令和」の典拠として改めて注目を集める歌集の世界を、国文学研究の第一人者が解き明かす。「愛と死」など十のテーマで万葉びとの生きた時代へいざない、歌の楽しみをガイドする『万葉集入門』の決定版。

猫の恋

岩合光昭
石　寒太

猫たちの小さな恋の物語。岩合さんがとらえた、四季折々に愛らしいニッポンの猫の恋心。メスを求めて吠えるように鳴くオスや、メスの誘いに戸惑うオス……ありのままの猫の姿がたまらない。写真と猫句（猫を詠んだ句）が響き合う、見て、読んで、詠みたくなる、ほのぼの猫写真集。

ストロベリーライフ

荻原　浩

父親が倒れ、やむなく家業の農業を手伝う恵介。両親は知らぬ間にイチゴの栽培にも手を出していた。農家を継ぐ気はないが、目の前のイチゴをほうっておくことはできない。一方、東京においてきた妻との間にミゾができ始め……。富士山麓のイチゴ農家を舞台に、これからの農業、家族の姿を描き出す感動作。